★担复兴大任
做时代新人

我是一名时代新人，

我珍惜新时代给予我的名字。

我是光荣的劳动者，

接力担当时代重任。

我对未来充满自信，

在平凡的岗位，用热爱点亮梦想。

我努力自我超越，

做好自己，带动他人。

我坚持奋斗追梦，

用奋斗创造新生活，引领新风尚。

担复兴大任，做时代新人！

——时代新人誓词

担复兴大任　做时代新人

时代新人说

故事汇

秦原轩　主编

中共太原市委宣传部
山西大学新闻学院　出品

山西出版传媒集团
山西教育出版社

图书在版编目（CIP）数据

时代新人说．故事汇 / 泰原轩主编．-- 太原：山西教育出版社，2019.10

ISBN 978-7-5703-0603-9

Ⅰ．①时… Ⅱ．①泰… Ⅲ．①故事—作品集—中国—当代 Ⅳ．① I217.1

中国版本图书馆 CIP 数据核字 (2019) 第 211427 号

时代新人说·故事汇

SHIDAI XINREN SHUO · GUSHI HUI

责任编辑　刘晓露
复　　审　王　倩
终　　审　郭志强
装帧设计　仙永峰
　　　　　王耀斌
印装监制　蔡　洁

出版发行　山西出版传媒集团·山西教育出版社
　　　　　（地址：太原市水西门街馒头巷7号
　　　　　电话：0351-4729801　邮编：030002）
印　　装　山西三联印刷厂
开　　本　787 × 1092　1/32
印　　张　5
字　　数　100千字
版　　次　2019年10月第1版　2019年10月山西第2次印刷
印　　数　5 001—8 300册
书　　号　ISBN　978-7-5703-0603-9
定　　价　25.00元

前　言

讲述时代新人的故事

为了更好地推动习近平新时代中国特色社会主义思想深入人心，以实际行动回答“培养担当民族复兴大任的时代新人”的重大命题，2018年以来，太原市积极开展“担复兴大任，做时代新人”系列活动，营造讲你、讲我、讲大家和讲身边人精彩故事的浓厚氛围，引导人们立足岗位，从本职做起，争做时代新人，奋力投身建设文明、开放、富裕、美丽太原的时代大潮，在这个过程中，涌现出一大批爱岗敬业、踏实肯干的时代新人。

讲述时代新人的故事，传递时代新人的精神。受中共太原市委宣传部委托，山西大学新闻学院组织专门团队，采访时代新人，为时代新人撰写小传，叙写人物故事，让时代新人的风尚和品质影响更多的人。通过实地走访，深度访谈，大家完成了时代新人的小传和近五千字的人物故事；锤炼字词，描摹情事，历时六个月，改易凡四稿，最终完成此作品集。

故事讲述的都是平凡人，都是普通事，但却可以打动一个又一个人。这里有从事食品行业专做豆制品的“豆腐专家”巩宝亮，有打造“五星级社区”的基层工作者侯丽琳，有脚踏实地研发刹车系统的民营企业家魏星……他们用实际行动诠释了“奋斗幸福观”，传递了新时代的正能量，推动了向上、向好、向善的社会风尚的形成。

光辉七十载，砥砺新征程。中华人民共和国成立七十周年，壮丽的新篇是由人民谱写的。时代新人作品集，将那些在一线劳动实践并努力奋斗的时代新人写了出来，让百姓感受到生活的美好，奋斗的力量，争做有灵魂、有品德、有本事、有勇气的时代新人。我们当下的生活是人民一点一滴干出来的，做出来的，奋斗出来的。我们力图将时代新人的“奋斗、担当、创新、敬业”精神体现于文字之中，彰显出时代新人的精神风貌。通过作品集，我们希望学习时代新人之举蔚然成风，大家都来建设“新时代奋斗者之城”。

山西大学新闻学院院长　邢云文

目录

1 …… 前言

2 …… “焊接大师”樊志勤

16 …… “豆腐专家”巩宝亮

30 …… “社区女当家”侯丽琳

44 …… “家政女王”李爱红

58 …… “龙城的哥”李志军

72 …… “并州花农”任保青

86 …… “刹车专家”魏　星

100 …… “绿色菜农”吴艾祥

114 …… “无悔追梦人”阴旭飞

126 …… “形象大使”张翠鱼

138 …… “发明达人”赵素萍

148 …… 后记

时代新人——樊志勤

“焊接大师”樊志勤

樊志勤，太原重型机械集团有限公司理化检定中心焊培中心高级技师、国际焊接技师。曾荣获三晋技术能手、山西省“五一劳动奖章”、全国技术能手、全国“五一劳动奖章”、国家级技能大师工作室带头人等荣誉称号，享受国务院和山西省政府特殊津贴。

樊志勤出身于一个焊工家庭，父亲曾是一位从事焊接工作的技术工人，善动手、勤琢磨是父亲对他的谆谆教诲。带着想要学好一门技术的渴望，樊志勤于1995年秋季来到太重技校，学习焊接技术，1998年正式参加工作。在太原重工，他从一位初入工厂的焊接工人，成长为一名“大国工匠”。

20年来，樊志勤凭着对技术的热爱和执着，实现了技术创新、技能培训方面的突破，在关键产品焊接、大型铸锻件修复、重要工艺试验、重大技能操作创新以及高技能焊工培训等方面练就了一手绝活。

2006年，樊志勤代表太重集团参加焊接技能大赛，获得了太原市比赛个人第一名，山西省大赛个人第三名、团体第一名的好成绩。2011年10月下旬，樊志勤顺利地完成了祖国交给他的“神舟八号”发射塔架的修复工作。2012年，位于太重集团本部的“樊志勤焊接创新（技能大师）工作室”成立。

今天，在樊志勤的引领与传承下，他的创新工作室已经发展成为山西省职工实训基地、山西省高技能人才培训基地，更是焊接技术攻关、传艺、研发、交流的国际化平台。

火花中的追寻

——电焊工樊志勤的逐梦之路

寒风凛冽，飞舞的火星散落在塔架上，瞬间消失，空气中回荡着此起彼伏的焊枪炙烤钢板的声响，这把焊枪担起了一项重大使命。

那是 2011 年的冬天，“神舟八号”飞船发射在即。

“神舟”系列飞船发射成功一直是国人的骄傲，其中发射塔架是保证飞船顺利飞行的前提，而太原重型机械集团有限公司正是我国卫星发射塔架的重要生产制造基地。2011 年，我国的“天宫一号”飞船发射成功后，在发射基地的例行检查中，发现发射塔架的翻板铰链出现断裂。当时，“神舟八号”飞船的发射时间已经临近，修复工作迫在眉睫。

部队方面紧急来电，希望公司派出最好的技术人员执行修复任务。樊志勤临危受命，立即和其他设计人员一同赶赴发射基地。在现场，樊志勤与基地专家一道观测、共同分析产生裂纹的原因，并根据自己多年来积累的焊接生产和焊接修复经验，很快制订出了可行的修复方案。

在接下来五天的焊接修复工作中，他冒着凛冽的寒风，在塔架上每天连续焊接十五六个小时，高强度、超负荷的工作量牵动着他紧绷的神经，“保证完成任务”成为一种执念。终于，功夫不负有心人，他提前完成了上级交给的任务，得到了部队首长和公司领导的高度赞扬。

事实证明，樊志勤没有让大家失望。短短五天的时间内，他不仅完成了既定的裂痕修复任务，还对整个发射塔架进行了全面检查和修复，以确保塔架万无一失。当樊志勤透过电视荧屏看到飞船升空的画面时，内心激荡起技术报国的荣誉感和责任感。他说：“那一刻，我深刻地感受到，个人的使命不仅与企业联系在一起，更与国家的发展紧密相连。”

他是樊志勤，一名普通的电焊工人，却凭着一腔热爱在自己的职业道路上大放异彩。从一名初入工厂、心怀忐忑的小电焊工开始，他不仅成长为行业中独当一面的焊接高手，更成为行业的领军人物。以他的名字命名的“樊志勤焊接创新（技能大师）工作室”更是云集了行业中的青年翘楚。回溯往昔，苦尽甘来——这是樊师傅的人生逐梦路。而这条逐梦路，樊师傅一走就是 20 年。

不信自己学不会

樊志勤的父亲曾是一名焊接技术工人，父亲善动手、好琢磨，受父亲的影响，樊志勤从小也喜欢动手实操，经常把家里的设备拆开，再重新组装起来。天生的悟性以及对学习技术的渴望，让他在 1995 年秋季来到太原重型机械集团有限公司技校学习焊接技术。1998 年，樊志勤从太重技校毕业之后，被分配到太重第二焊接厂工作，主要负责大型矿用挖掘机设备生产制造中的焊接任务。由此，樊志勤开始了他的焊工生涯。

坑坑洼洼的钢板，被砸出泥土的水泥地，满是烟尘的空气……在这样的环境中，工人们戴着口罩和八角帽按部就班地工作着。初入工厂，樊志勤对这样的工作环境并不感到意外，然而新鲜感过后，炎热的夏天到了。在“秋衣秋裤 + 牛仔工装”的包裹下，贴近二三百摄氏度的热源，樊志勤第一次深切地体会到什么是“以汗洗面”。焊接时，飞舞的火星烧坏了一件又一件衣服，最后，每件衣服都是补丁摞补丁。他说：“师傅以前说过一句话，‘远看像逃荒的，近看像收破烂的，仔细一看是烧电焊的’，这就是我们……”面对如此恶劣而艰苦的环境，拿着总是迟到的微薄收入，樊志勤也曾动摇过，然而，眼看拿着焊枪的师傅依然坚守在工作岗位上从容细致地焊接着零部件，自己却未曾学到一星半点技能，他自问：“我有什么理由叫苦叫屈？”于是，他下定决心，一定要学好技术，做一名受人尊敬的电焊工人。

“焊接保全厂，全厂保焊接”——焊接是生产制造过程中的一道重要工序，甚至可以说是核心工序，主要负责将车床切割好的材料进行拼接，为之后的总装做好准备。焊接质量的好坏不仅会影响到整个工期能否按时完成，更是直接决定设备的使用寿命。因此，一名合格的焊接工人，必须运用熟练的焊接技艺，保质保量地完成任务。

刚进工厂，樊志勤因为不熟悉半自动焊枪的操作方法，不知道如何关闭自动送丝的焊枪，情急之下就把它扔在地上甚至强制关机，闹出了笑话。用樊志勤自己的话说就是：“当时自己也是个不服输的小青年，不信自己学不会。”在见习期一年的时间里，他虚心向师傅请教。由于设备不足，做不到人手一台，师傅工作时，他就蹲在旁边看；师傅休息时，他就自己上手练，并且利用休息时间仔细琢磨设备的说明书，并查阅相关资料。结合自己的尝试与练习，他熟练地掌握了每一个按钮的使用方法。但是，仅仅学会操作方法，还远远不够，电焊更讲究基本功。

在技校学习时，老师就要求同学们用电焊夹子夹着毛笔练习，以锻炼手臂的稳定性，然而，毛笔和焊枪在重量上相去甚远，训练强度也远远不够。为了更加贴近实际重量和速度要求，除了白天在工厂练习焊枪，樊志勤还用筷子练习送丝，来模拟送丝过程，从而锻炼双手的稳定性。晚上回家之后，樊志勤还用手托着盛满水的茶缸蹲着练习。茶缸相较毛笔，重量与焊枪更为接近，在尽力保持不让水溅出的同时，他刻苦练习送丝等手部动作。就这样，日复一日，樊志勤练就了一流的手感与蹲功。

把每一个试件焊成艺术品

“当你焊接达到 4000 小时，就会有质的飞跃”——这是电焊行业的 4000 小时原理。为了精进焊接技术，初入工厂的樊志勤选择到培训中心学习。通过对焊接设备、焊接技能以及焊接手法的系统学习，樊志勤迅速成长为同届同学中唯一一个能够参与出口产品生产的工人，这段学习经历让他受益一生。

“学习是年轻人成长的基础，参赛是年轻人成长的捷径”，2002 年，全省举办焊工技能大赛，在当时浓厚的学习氛围之下，樊志勤凭借自己的努力突出重围，前往集训队，代表本厂参加比赛。然而，这次参赛，他却没能拿到名次。尽管表面上看起来，他的焊接技术似乎已和师傅旗鼓相当，然而“鱼鳞纹”之下的内部工艺考核却远远不够格。这让樊志勤意识到，真正的焊接技术不是表面做得漂亮就够了，内部有无缝隙、是否规整都是需要重视的部分，不能因为一点表面的小成绩就沾沾自喜，对焊接技术要有极致的追求。“我要把每一个试件焊成艺术品！”樊志勤暗暗下定决心。

凭借着不服输的精神和对学习技术的渴求，樊志勤再次开始了焊接技术试练。而这次的试练并不是在比赛前的集训班，而是在平朔的矿区车间。当时他们的团队主要负责挖掘机汽车斗子以及配套大电铲的安装。生产第一台设备时已是年关将至，为了能赶在除夕回家过年，樊志勤和工友们加班加点，一天工作 15 个小时。车间内忙忙碌碌、火星耀眼，车间外天寒地冻、大雪纷飞。累了，他们就喝口水歇一歇，晃了眼，就出门拿雪敷一敷眼睛。凭借着敬业的精神和熟练的技术，他们的团队一个月就生产出 9 台挖掘机车斗，打破了当时当地的纪录，也让当地矿区对太重有了全新的认识。腊月二十九，当完成任务的樊志勤和工友们乘上回家的列车时，他偷偷抹去眼角的泪水，那是他第一次体会到出门在外的辛酸。

“有时想想，电焊真不是人干的活。”樊志勤说。樊志勤对抢救太化汽化炉时发生的事至今记忆犹新。由于设备内部破损，汽化炉上仅开一个“入孔”，工人必须爬进汽化炉内部进行焊接，像是做手术前给病人身上盖毯子一样，要把保温棉（硅酸铝）覆盖在其他部位，只露出焊缝，此时汽化炉内部的温度已达到 300 多度。当时正值 6 月暑期，工人需要穿着秋衣秋裤钻进“入孔”工作，这对普通人来说就犹如一场酷刑。然而，对于樊志勤来说绝无半途而废的道理，尽管出汗到脱水，身上都是被烫起的水泡，但他依然咬牙坚持着把封头焊接完毕。

忍受了常人未曾受过的苦，才能品尝如今的幸福。选择了这个行当，就一路走，一路拼。在几年的锻炼中，樊志勤的手上功夫越来越厉害。为了能在技术比赛中取得好成绩，他在理论和实践方面付出了更大的努力。

樊志勤每天早上 6 点半就去现场打磨试件，以便开工时自己可以第一个操作。这样一来，在别人操作时，自己又可以打磨第二组试件。正是利用"错峰"的方式，他为自己争取到更多的练习机会。除了实践操作，樊志勤在理论知识的学习上也一刻不曾放松。每晚练习到 10 点半，一回到宿舍，他又开始"啃"厚厚的书本。为了学以致用，他还要做练习题。题海战术让樊志勤对于书本内容熟练到哪个题的答案出错了，都清清楚楚。由于经常学习到凌晨两三点，为了不让自己犯困，他便靠用冷水洗脸、喝茶、抽烟等方式来提神。

备战比赛，与其说是对技能的考验，不如说是对毅力的磨炼。命运总是垂青有准备的人，樊志勤的辛劳没有白白付出，他先后获得太原市个人第一名、山西省个人第三名、团体第一名的骄人成绩，并被破格评为高级技师。他曾自嘲道："如果上学时就下这功夫，估计现在我也大学毕业了！"

做创新与传承的焊点

焊接技术听起来简单，但实际操作却十分复杂。樊志勤凭借着踏实肯干、不骄不躁的精神，在学习、实操和比赛的历练中，逐渐成长为太重焊接技术方面的一把好手。

一方面，他努力打磨自己的焊接技术，力求让钢板上的焊缝像鱼鳞一样整齐均匀，让钢管上的焊缝像手镯一样圆润光滑。在他的眼中，自己的焊接成品不仅仅是工艺品，更是精心雕琢的艺术品。另一方面，他积极参与焊接工程，先后修复了济钢机架、忠旺机架、钢轮热线 60MN 压机、秦山核电站吊具、加压气化炉以及各类挤压机缸体、柱塞等。凭着一手超人的技能，他累计为国家和企业挽回经济损失数千万元。

随着樊志勤对焊接技艺的深入了解，他发现对于实际焊接中出现的一些新问题，光靠实践的方法是远远不够的，有了理论知识的支撑才能有效提升焊接工人的技术水平，唯有理论与实践相结合，才能更好地实现技术创新。

樊志勤常说："作为一名焊接工作者，要不断地充实自己，提高自身素质，努力攻克焊接技术难关。只有在焊接技术的创新中不断总结，不断攀登新高峰，才能为企业和社会不断做出新贡献。"在他的带领下，工作室成员进行理论研究、更新技术，帮助企业解决了技术难题，同时，他们还致力于国内外新材料、新工艺、新技术的研发工作。

最令樊志勤骄傲的是，他对太重集团公司某全国名牌产品焊接技术的改进创新。该产品表面需要连接合金层，但因原有连接工艺（喷焊）不稳定，经常出现合金层脱落和合金薄厚不均（产品要求4～5毫米）的问题，严重影响产品质量。而且该合金价格昂贵，每一次焊接失败都会造成极大的浪费，直接影响公司的市场竞争力和经济效益。

"樊志勤焊接创新工作室"承担了这一任务，对之进行技术攻关。樊志勤带领工作室的同志们开拓思路，广泛调研，在查阅大量技术资料并咨询相关技术专家后，选择从合金材料的特性和产品的使用性入手，经过反复试验、认证，最终提出了一套改进方案。试验数据证明：改进后的工艺合金结合强度超过了设计要求，合金表面质量及加工精度有了大幅度提高，合金层厚度均匀，余量控制在 1～2 毫米之间，加工切削量较原来大幅度减少，新工艺平均每件节约合金材料约 100 千克，降低合金采购成本 56%，仅此项每年便可节约成本 1300 万元，为新产品的开发做出了巨大贡献。

他在技术创新的道路上，充分发挥“樊志勤焊接创新工作室”的技术优势，围绕节能减排，在技术革新、技术改造、降低成本、提高工效上下功夫，先后攻克了“合金模具钢 H13、50CrMnMo 材料的焊接修复”等难关，完成了“高强钢焊接材料的研究与应用”“起重机端梁 K 形坡口影响焊接质量的探讨”“不锈钢复合板的高速焊接”等项目的研究工作。而且，他们还荣获集团公司与山西省、太原市的多项优秀成果奖，获国家发明专利一项。

樊志勤说：“一个人的能力再大，也做不了多少事。我要依托自己在焊接领域的所学所感，做创新与传承的焊点。”他是这样说的，也是这样做的。近年来，樊志勤还亲自辅导来自不同单位的 1000 余名焊接工作者，悉心授艺。他们当中有的晋升为技师和高级技师，有的在省、市行业技能大赛中获得前三名的好成绩。“技术工人要不为噪音所扰，不为杂音所惑”，他对创新工作室营造出来的学习、科研、创新等氛围十分满意，但并不满足，他希望通过自己和工作室全体成员的努力，依托这个平台，为企业和国家创造更大的价值。

20 多年来，樊志勤从默默无闻的焊接技术工人成长为焊接技术大师，凭借自己对事业的强烈热爱、对技术的极致追求、对理论的不断创新，他登上了焊接领域的高峰。他不仅圆了自己最初的梦想，更圆了我们国家追求“大国工匠”精神的梦想。今天的山西乃至整个中国都需要这样的“樊志勤”，需要他们在自己熟悉的领域，创新行业技术，培养专业人才，真正实现技术报国的理想。如今的樊志勤依然每天穿着那身朴素的工作服，依然每天干着那份热爱的工作。对他而言，变化的只是身份和头衔，不变的是他对焊接技术的热爱、追求与创新。

撰稿人：张璇、张桂云、张丛雨　指导教师：庞慧敏

时代新人——巩宝亮

“豆腐专家”巩宝亮

巩宝亮，1975 年出生于太原市向阳镇的西村。宝亮个头不高却精气神十足。他头发蓬松，身着黑色棉衣、穿着一双有些发黄的运动鞋，让人丝毫不会想到，眼前这样一个人，会是六味斋豆制品厂厂长。他先后获得了中国食品工业协会豆制品专业委员会首批专家、太原市劳动模范等荣誉称号，但他仍然把自己称作“一个做豆腐的人”。

2000 年，巩宝亮半路出家进入豆制品行业，成为一名压榨工人。自此，他一直在琢磨两件事：一是在技术方面提升工艺，二是改进装备，进而提高生产效率。

19 年来，巩宝亮和同事先后对传统的豆制品加工工艺、加工设备进行改进和革新。在豆浆浓度在线监控测量系统、半自动花干切割机、素鸡成型和煮改蒸工艺、卤水调配输送系统、豆浆旋振筛、油桶控油器等方面，进行了大小 24 项技术革新和工艺改进。其中，半自动花干切割机已由国家知识产权局颁发了“实用新型专利证书”。

2016 年，六味斋豆制品厂专门成立了“巩宝亮创新工作室”。在他的带领下，40 多名年轻技术骨干将这个工作室作为开展创新活动的平台，使老字号“六味斋”的技术水平始终在同行业中保持领先地位，不仅为企业节约了上千万元资金，还大幅度减轻了职工的劳动强度，在保证老味道的同时，大大提高了生产效率。

心存敬畏是巩宝亮的人生准则——敬畏他人，敬畏工作，敬畏生活。他这一生只想努力做好一件事，就是做豆腐。不断地思考和进步，奉献才智和精力，这是他对职业的敬畏。

酸苦甜辣咸

—— 一位豆腐匠的五味人生

此时已是早上9点，路上堵车，今天到厂里的时间有点儿晚，巩宝亮一路都心神不宁。他下车后的第一件事情就是查看手机，看到各条生产线上反映一切正常，他悬了一路的心才终于放下，脚步不由得轻快起来。

“帮我把咱们之前申请酱肘花非物质文化遗产的资料找一下吧，咱们需要准备申请豆干为非物质文化遗产的资料了。”进入办公室的巩宝亮吩咐道。巩宝亮是百年老店太原六味斋的豆制品厂厂长。280年前，北京的天福号酱肉店在太原设立分号，因其生产的酱肉有酸、甜、苦、辣、咸、香六味而将此店定名为“六味斋”。经过近3个世纪，六味斋酱肉仍然保持着原有的独特风味，“熟而不烂、甘而不浓、咸而不涩、辛而不烈、淡而不薄、香而不厌、肥而不腻、瘦不而柴”，成为国家级的非物质文化遗产。如今，豆制品能成为六味斋的另一块招牌，巩宝亮功不可没。

在我国北方，许多地区的人都称做豆腐的人为“豆腐匠”。匠人，匠心——做了19年的豆腐，巩宝亮体味着其中的酸、甜、苦、辣、咸、香，六味杂陈，中国豆腐文化中的精神内涵也深植在他的心中。

酸：从抗拒到热爱

让人意想不到的是，巩宝亮是半路出家进入豆制品行业的。当时的他怀揣着山西省财政会计学校会计专业的毕业证，一心希望成为一名会计。上学的时候，前辈们都进了事业单位，那一度也是他的梦想。1998年，机构改革，他成了第一批不包分配、自主择业的大学生。他在大酒店卖过面点，给大商店送过现货，但他总觉得这些都和自己的专业不搭界。2000年，对豆制品一无所知的巩宝亮进入六味斋，在当时的他看来，六味斋只是他众多跳板中的一块，总有一天，他还是要去做会计的。

“夜里寻思千条路，早起还是磨豆腐。”当时宝亮真是心有不甘：“在桃南旧厂时，十几个人，七八口缸，铲豆子、磨豆浆、压豆腐……每天累得要死，还挣不下多少钱。一回家就呼呼大睡，毛裤天天浸满浆水，干了硬得脱不下来，我妈说啥也不让干了，我也悄悄报了个财大培训班，想考个会计师证，尽快离开这地方。”

直到2003年，肆虐的“非典”彻底改变了他的想法。

一夜之间，街上的小商小贩都不见了，人们基本上买不到什么东西。六味斋的产品需求量大增，“加班加点都做不出来，需求量最大的时候，一天 24 小时连轴转都做不出来。”那是巩宝亮第一次意识到自己应该承担的责任，“在‘非典’那种特殊的情况下，老百姓为什么还要买你的东西，因为放心啊。”

也就是在那时，巩宝亮对老板平时开会反复讲的那句话有了深刻的感触，“你做出来的东西，如果可以放心地自己吃，可以给你的父母、家人、孩子吃，那就是合格品。”做了这么多年，他才理解老板当时所说的是食品安全问题。当时的那个小伙子只是模糊地意识到这样的企业可以信任。

让巩宝亮决定留下来的，还有“非典”期间发生的一件小事。公司为了每位员工的安全，给每人发了两大包中药和板蓝根，这让宝亮至今回忆起来都感动不已。事情虽小，但是企业对员工的关心是真的。“企业和人是一样的，首先看对方人品，人品不错才能做朋友。人总要体现自己的价值，既然这个企业不错，那么我就愿意在这里实现我的价值。”这是宝亮心中最简单朴素的想法。

就这样，巩宝亮在六味斋一干就是 19 年，从一个普通的豆制品压榨工人，一步步做到豆制品厂厂长、中国食品工业协会豆制品专业委员会首批技术专家，这一切靠的是他对单位的感情，对这个职业的敬畏。

苦：做豆腐的大学问

自古做豆腐都是非常辛苦的营生，俗话说：“世上有三苦，打铁、撑船、磨豆腐。”莫说巩宝亮是半路出家，所学专业和做豆腐完全没关系，即使是学习食品专业的人，也需要从零开始。直到现在，宝亮也认为自己只是略懂一二。在学习做豆腐的过程中，宝亮尝尽了苦涩，最终完成了蜕变。

一样豆腐，百样做法。豆腐是一种极具地域性的食物，单说豆腐在大类上就有南北豆腐之分，不同地方，在豆腐的制作工艺、工艺指标上又各有不同，没有统一的标准。

最初进厂的时候，厂里的老师傅带新人学习做豆腐，磨浆、煮浆、点浆……老师傅手把手地教，全凭经验，至于原理，大家都不知道。

爱琢磨的宝亮开始寻根究底。他到处查找资料，好不容易托在中国农业大学上学的同学从图书馆翻出一本书——《大豆制品工艺学》，他赶紧仔细研读起来。这本书包着牛皮纸书皮，纸张泛黄，几乎每一页都有破损，布满密密麻麻的勾画笔迹，里面只有一章内容是关于豆制品的，30 多页的内容，巩宝亮看了两年多才懂。

不光要看懂，还要通过实验验证这些工艺的可行性。温度、浓度、水的 pH 值，任何一个小小的因素都可能影响最终的成品。十几年来，巩宝亮一直在带领着员工做实验。

最近，他正在做水的 pH 值对豆干的影响的实验，实验记录已有厚厚的一沓，上面详细地记录着每次实验的过程、数据、结果以及改进的意见。

实验的过程是枯燥的，艰难的。豆制品制作是不可逆的，往往一个环节出了小问题，后续环节就都会出问题。“最沮丧的是按照这样的步骤做，今天成功了，结果第二天又失败了。在这个过程中，我们走了很多弯路，反反复复地实验，有时候走着走着又绕回来了，很痛苦。”

苦涩还在，新的问题又接踵而至。研发部的同事反馈，客户反映今天早上卖出的豆腐太软，巩宝亮的心又提了起来。他开始和同事们着手排查问题，像医生一样，从头到尾查病因。原因暂时没有找到，宝亮把这个问题记录在案，这将是他接下来一段时间重点要解决的问题。

甜：解决问题的成就感

发现问题并解决问题，宝亮享受着其中的成就感。

2017 年，厂里一套进口设备的蒸汽电磁阀坏了，国内的电磁阀和设备不配套，必须更换原装的电磁阀才行，原装的电磁阀不仅费用昂贵，而且从原产地采购也需要两三个月的时间。一个小小的电磁阀需要 9000 元钱，“咱们一块豆腐卖 2 元 5 角，就挣几毛钱，要挣这 9000 元，需要卖多少块豆腐才能挣回来啊！”宝亮非常心疼，而且如果不排除故障，当天泡的 18 吨豆子就必须全部扔掉。从小在农村长大的巩宝亮深知种豆的不容易，更加心疼这些豆子。故障无法排除也意味着整个生产计划将被全部打乱，少一条生产线，工人们的工作时长和工作量都将大大增加。

巩宝亮当即拍板决定打开设备，试着自己维修。设备很精密，大家都没有学过，于是，他和工人们就一步一步把拆卸的过程用手机拍下来。螺丝钉长短不一，他们就一个个做好标记。全部打开后，他们发现是电磁阀的阀芯断掉了，这让宝亮松了一口气。他当即找到一截不锈钢，又去附近找到一位车床操作工人，请对方比照原来的阀芯做一个新的。半小时后，阀芯做好了，把它按原样装好，设备正常工作了。

这样的例子还有很多，遇到困难就想办法解决，这是宝亮一贯坚持的做法。厂里一些设备的配件，有些厂家已经不再生产了，他们就自己出去找车床厂做。现在又多了新办法，去网上找商家做。“在解决问题的过程中，我也学到了好多东西呢，好多配件咱也不懂人家的规格，不知道应该怎么量，网上店家会手把手地教你量哪里，应该怎么量。这些我都记在本子上了。”巩宝亮越说越兴奋，“这样能给单位省很多钱呢，能省一点就省一点嘛。”

不仅仅是设备问题，工艺问题也是经常需要解决的。机械化、规模化生产不比小作坊生产，小作坊生产可以凭借师傅的经验控制，在规模化生产中，产量越大，工艺环节中需要控制的点越多，越需要在细节上进行控制。巩宝亮团队在豆泡制作的工艺上就下了很大的功夫。

他们请教了很多师傅，大体的工艺都是一样的，但是在煮浆温度上遇到了难题。这个问题困扰了巩宝亮好多年，季节、浓度不同都有可能影响到煮浆需要的温度，寻找温度的控制点是一个漫长的过程。实验结果时好时坏，“今天运气好，就做好了，可以卖；明天又做不好了。”经过四五年的摸索，产品质量才趋于稳定。厂里下发了文件，制作标准要细化到每一个环节：加多少水，煮浆的温度调到多少度，什么时候加氯化镁，消泡剂何时加、用哪种……全部都是经过实验验证的结果。

发现问题，解决问题，巩宝亮享受着奋斗的幸福感。每一次问题得到解决，宝亮的心里都比蜜还甜。

辣：磨豆腐的新花样

辣是一种充满刺激性的味道，代表着变数。制作豆制品的工艺也不是一成不变的，需要找到一些新方法。

这些年来，爱琢磨的巩宝亮在设备和技术方面动了许多脑筋。他的思路很清晰：“一是我们的工艺还存在问题，在技术方面要提高工艺；二是我们的机械化程度还比较低，在装备方面要提高劳动生产率，减轻员工的劳动强度。”

在厂房中，一台花干切割机正高效运转着，工人们将待切割的豆干放到机器上，再把切割好的花干收入盒中。

如今看来非常简单的工作在过去可是个苦差事。在 5 公分宽、

14 公分长、1 公分厚的豆腐干上，正反两面斜着切 25 刀左右，形成花瓣状态，这样才能做成花干。过去，15 名工人每天要手工切 700 多公斤豆腐，劳动强度特别大，操作工人累得腰酸背痛，经常抬不起胳膊。宝亮自己也经历过此种情形，对于那种劳累深有体会，“过去厂里技术最熟练的师傅，一分钟也只能切两块花干。别人都下班了，切花干的师傅往往还没有切完。”

“要是能有台机器代替人工切就好了。”巩宝亮想。想到就去做，巩宝亮开始用厂里的一台旧机器做起了试验，不断调整齿轮、主轴、连杆、切刀，在无数次的调整中，切刀被控制在斜 30 度的位置上，半自动化干切割机研制成功。

现在，切花干算是厂里最轻松的工作了，只要两个人干到午后两点多就能切好 1400 公斤，需要的人员少了，产量却比过去翻了一番。这项技术已由国家知识产权局颁发了“实用新型专利证书”。

俗话说，卤水点豆腐，一物降一物。我们北方豆腐必须用卤水来点，否则豆腐就做不成。过去六味斋做豆腐的卤水是放在一个大桶里的，工人用瓢舀，且不说劳动强度大，而且还有抛洒卤水、卤水均匀度差等弊端。巩宝亮又坐不住了，他决定用技术手段解决这个难题。他在十几种方案中，选择对卤水自动调配输送系统进行改造，通过控制卤水的输送量来完成点豆腐的工序，这样不仅彻底改变了工人用瓢舀卤水的笨办法，而且还能保证卤水的均匀度，杜绝了抛洒现象，最主要的是根据点豆腐所需的卤水，通过人工就能控制决定输送多少，大大提高了生产效率，使点豆腐工艺规范化、标准化。

现在，六味斋的豆制品厂每天加工 90 吨豆子，如果按照在桃园南路时期的工作强度，需要 200 个人才能完成，而厂里如今只需要 80 名员工，节约了大量的人力成本。

除了要减少工人的劳动强度，巩宝亮也在节约原料上动脑筋。六味斋的产品有 400 多种，其中许多都是油炸食品。生产用的食用油全部装在 10 公斤的塑料桶里，过去工人只要倒干净桶中的油，就把油桶回收入库。

细心的巩宝亮在工作中发现，即使再用心的工人在倒油时也总会有剩余，可是再往外倒短时间又倒不净，这样就形成了浪费。2016 年，巩宝亮自制了一台控油器，进行控油，一个油桶两个多小时至少能控出 50 克食用油，仅豆制品厂一天就能控出 2 公斤。这个办法在全公司推广后，一天能控出 12～15 公斤油，这样一算，一年至少可控油 50 吨以上，仅此一项发明，一年就能节约资金 80 万元。

2016 年，六味斋专门成立了“巩宝亮创新工作室”，在他的带领下，40 多名年轻的技术骨干将这间工作室作为开展创新活动的平台，大家共同出主意、想办法，通过研发新品、改进工艺、发明创造、完善作业指导书等工作，使老字号六味斋的技术水平始终在同行业中保持领先地位。

有人曾给巩宝亮算了笔账，这些年来，他致力于研究豆制品加工技艺，累计完成的技术革新、工艺改进项目达 24 项，不仅为企业节约了上千万元的资金，还大幅度减轻了职工的劳动强度，在保证六味斋“老味道”的同时，大大提高了生产效率。

咸：一生只做一件事

盐是人类生存不可或缺的物质，咸是生活当中最平常的味道。

别看巩宝亮对待工作一丝不苟，容不得半点马虎，工作之外却没有架子，他常和员工们互损几句，开开玩笑。作为豆制品厂的厂长，巩宝亮一手抓生产，一手抓管理，用同事武师傅的话说他深谙“方圆之道”：在技术方面，钉是钉，铆是铆，容不得半点差错；在管理方面则颇为圆融，人员、机器、物料、方法、环境，方方面面兼顾到位。

对于巩宝亮来说，处理这些问题只有一个原则，就是心存敬畏。敬畏他人，敬畏工作，敬畏生活。宝亮没有什么兴趣爱好，唯一算得上兴趣的就是看纪录片。宝亮说，他喜欢纪录片中的真实，起码能从中学到东西。

巩宝亮很潮，喜欢在时下年轻人喜欢的 B 站上看纪录片，《大国工匠》《我在故宫修文物》《人生一串》《寻找手艺》……宝亮有一个长长的片单。他看《寻找手艺》中新疆小伙麦麦提日木制造传统的英吉沙小刀，看那些传统手艺人为了传承技艺，用尽一生精力；他看故宫修文物的大师，“想抽烟了，骑上自行车跑好远，去故宫门外抽”，大师那种对职业的敬畏令他肃然起敬；他看技术，看人生，看风土人情……他也在这些纪录片中看自己。

他这一生也只想做好一件事，就是做豆腐，这是他对于职业的敬畏。

华为掌门人任正非有一条“磨豆腐理论”，他说：“一个人一辈子能做成一件事，已经很不简单了。为什么？中国 13 亿人民，我们这几个把豆腐磨好，磨成好豆腐，你那几个企业好好地去发豆芽，把豆芽做好！我们 13 亿人每个人做好一件事，拼起来就是伟大祖国！”这也是巩宝亮一直坚持的，做好自己分内的事情，磨好豆腐。他对自己目前的工作成绩并不满意，给自己只打了及格分，希望有一天能做到 90 分以上。品尝过酸甜苦辣咸，现在，巩宝亮更享受工作赋予的香远韵味。

中国古人认为豆腐有“和德”，其中蕴含着古老的中国智慧，勤劳、包容、创新、清白、朴素……这些品质在磨豆腐的过程中早已深植于巩宝亮的心中。

巩宝亮喜欢摇滚乐，喜欢许巍。他的车里循环播放着许巍的《空谷幽兰》：“……踏破芒鞋，烟雨任平生。慧行坚勇，究畅恒无极……”

撰稿人：牛亚琪、赵越、郝晓媛　指导教师：李彩霞

时代新人——侯丽琳

“社区女当家”侯丽琳

侯丽琳，1977 年 3 月出生，山西太原亲贤人，太原市小店区平阳路街道亲贤社区党委书记，山西千禧集团董事。

1996 年侯丽琳考取太原大学，攻读文秘专业，1999 年毕业后应聘到深圳工作，2001 年放弃深圳的高薪工作回到亲贤村居委会任职。在此后的十多年中，侯丽琳工作与学习两手抓，积累了丰富的社区管理理论和实践经验，2013 年凭借出色的工作能力被选为社区党委书记。2015 年，亲贤村成为太原市第一批改造重点村，在拆迁工作中，侯丽琳以身作则，将突破口率先放在自己母亲家，以化解居民猜忌，在最后一户拒绝拆迁时，她毅然将自己家的房子低价出让，领导拆迁改造工作顺利完成。

侯丽琳积极适应时代要求和群众需求，创建了新式社区管理工作方法，如“1+16+ X”

的区域化党建格局、“蓝马甲”志愿服务、“互联网＋社区”、微信讲党课等。至 2017 年，亲贤社区已经提档升级为涵盖养老中心、医疗中心、五星级幼儿园、党群服务中心、慈善超市、便民餐厅、红色影厅等为一体的现代化智慧型社区。

无论在学习还是工作中，侯丽琳都体现出敢为人先的特点，她善于抓住机遇，敢想敢干，并且时刻牢记时代的使命和群众的嘱托，克己奉公，以小我成全大我，成为被广大群众信任的社区干部。

啃下“硬骨头”，挑起一个村

——不一样的社区当家人

提到社区的女性工作人员，大家脑海中浮现的可能就是操着一口当地方言，走街串巷与村里的百姓拉家常的中年大妈形象。然而近年来，太原市的亲贤社区出现了这样一位女干部，她短发齐肩，身材高挑，走起路来铿锵有力，总是穿着一身精干的工作制服，除了在办公室办公，便终日穿梭在社区的各个街道，走家串户地进行访问工作，给人一种果断、利落的感觉。这就是侯丽琳，太原市亲贤街道的党委书记。她美丽优雅，有气质，有才干，打破了人们社区工作者“居委会大妈”的传统印象，她用知识和远见打造了一个全新的女性社区当家人的形象。

哪里艰苦就到哪里去

亲贤社区位于太原市长风街商圈的核心区域，占地面积约 1 平方公里，目前社区服务人口达两万人以上。16 年前，商圈遍布的亲贤社区还是一个“脏乱差”的城中村，村里家家户户基本以种田为生，医疗卫生服务更是没有保障。侯丽琳就是土生土长的亲贤人，至今，亲贤社区的居民们谈论起侯丽琳无不竖起大拇指，而当初她和亲贤村的故事也至今流传在居民们的口中。

侯丽琳是当时村里为数不多考上大学的人。在当时的社会环境下，上大学是一件相当不容易的事情，分数线很高，录取人数很少，很多男孩高中毕业后就选择回家种地或外出打工，更何况女孩子。为了摆脱只能回家种地的命运，侯丽琳下定决心，一定要考上大学。

就这样，1996 年，侯丽琳以优异的成绩考上了大学，踏上了崭新的人生道路。

上大学时的侯丽琳就显现出了过人的魄力。大学期间，她是班长，学习成绩在班级里名列前茅。由于家里以种地为生，父母拿不出额外的钱来支付她的上学费用，侯丽琳便利用寒暑假和上学的空余时间打各种零工，例如当校园经纪人、做家教等，承担起了上大学的费用。在四年的大学生活中，她不仅自食其力，还攒下来几万块钱。

侯丽琳回想起上大学的日子，颇多感慨：“我当时一门心思就想摆脱这种农民一生只能种地的生活，大学的生活对我来说是充实的，也是我依靠自己的能力去改变自己的命运的开始。”

大学毕业后，侯丽琳应聘到深圳一家著名的 IT 企业工作。当时的中国，电脑行业刚刚兴起，侯丽琳凭借不懈的努力，在深圳单闯独斗，仅用半年时间就成了市场部经理。据侯丽琳回忆，2000 年时，她的月收入已达 4000 元，这在当时是非常高的工资待遇。可就在一切都看似安稳下来的时候，侯丽琳的一个决定让所有人都大跌眼镜。2001 年，侯丽琳决定放弃在深圳的高薪工作，回太原亲贤社区工作。当时的亲贤社区还是一个村子，用她自己的话来说就是：当时的社区居委会没有工作人员，只有领导干部，我就是那里第一个也是唯一的一个工作人员。

这个选择遭到家人的强烈反对。她母亲说："你千辛万苦考到外面，回来可以，但就是不能回村里。"原来，在侯丽琳还是个孩子时，父亲就因为工作意外患上了精神疾病，家里的三个孩子都是母亲一个人拉扯长大。女儿好不容易走出农村，怎能允许她再回来？更何况在深圳公司的月收入是 4000 元，而当时村里的月收入只有 200 元，前途更是渺茫。

侯丽琳有自己的想法，她不顾家人的反对，毅然决然地回到家乡。"2000 年，长风大街要从我们村穿村而过，这意味着全村人将不会再耕种土地，我感觉这是一个机遇，也是我回报家乡的一个机会。"带着这种想法，侯丽琳回到了当时还是"大队"的居委会。她从最基础的工作做起，整档案、写材料……这工作一干，就是 16 年。

虽然侯丽琳在社区居委会最初的工作只是做一些打杂的事情，但她并没有因此而降低对自己的要求。2007 年，在居委会工作期间，侯丽琳在太原市委党校攻读了公共管理的学士学位。2010 年，侯丽琳又在山西省委党校攻读了公共管理专业的硕士学位。几年来，侯丽琳在工作与学习中两点一线地忙碌着，为以后的工作打下了坚实的理论和实践基础。

2013年，这位拥有高学历的年轻女孩当选为社区党委书记。从此，她用自己的知识和远见打造了一个全新的社区。

拿母亲“开刀”做表率

2015 年，就在侯丽琳当选社区党委书记两年后，太原市的城中村改造工作如火如荼地开始了，亲贤社区被定为整村拆除重点村，改造涉及 396 个宅基地院落，500 多户村民。

城中村改造历来被称为“天下第一难”事。国家拆迁政策和土地政策的调整，居民和农民产权意识、维权意识的提高，拆迁涉及的民众最切身的利益……面临着的这一切，都在考验着侯丽琳。

工作的进展果然没有那么顺利。在城中村中，建筑密度高，外来人口流动频繁，很多村民没有工作，只能靠出租房屋收费为生。一听说要拆迁，村内质疑声四起。由于村民们对拆迁没有充分的了解，第一天，就有很多人集结在村里。社区干部被误解、被曲解，他们成为村民口中的“败家子”和罪人。

尽管困难重重，宣传动员工作还是要进行。没人能想到，侯丽琳竟将工作的突破口放在自己母亲家，她要以身作则，化解居民的疑惑和猜忌。

她多次做母亲的思想工作，希望母亲能转变认识，积极配合，而母亲则坚决拒绝，两人因此争吵数次。母亲对侯丽琳倾诉自己盖房的苦处和拆房的顾虑：“你知不知道咱家盖这个房子有多难，是借钱盖起来的，前不久才还清了钱。日子刚刚好一点儿，你们就要拆！你当村干部，不但不为家里人着想，还先拿家里人‘开刀’，你有没有良心？房子是我的，我不同意拆！”此时，侯丽琳向母亲摆明态度：即使因为自己牵头搞拆迁使母亲一家成了全村“公敌”，即使自己因被误解而感到难受和心酸，可为了社区和村民以后的利益，她必须亲自做表率。

母女二人因为各自的立场一度争执不下，后来她见实在无法说服母亲，就趁母亲去北京看病的时候把宅基地使用证偷偷拿了出来，悄悄签了协议书，拆了母亲家的房子。母亲回到太原后，看到自家的院子被捣开一个大窟窿，气得半个月都没和女儿说话。

即使遭遇不理解，即使和母亲意见有分歧，她始终坚持自己的道理：“因为我是书记，我必须带头。”拆完自家之后，她起早贪黑、挨家挨户地给党员和群众们做工作。多年的工作经验让她认识到在做群众工作时，必须发挥党员的战斗堡垒和先锋引领作用。所以她将社区的党员干部们组成了一个工作队，走在宣传动员的第一线，不厌其烦地找居民谈话，今天被赶出门，明天就继续来；找男主人不行，就找女主人；找大人不行，就找孩子；找全家都不行，就找遍与他们家有关的一切社会关系……如此苦口婆心，只为做通思想工作，以期得到村民们的理解和支持，让拆迁工作顺利进行。

拿自己“开刀”立信任

就如同滴水穿石，慢慢地，居民们终于理解了拆迁改造工作，进而转变了态度，积极配合拆迁工作。到了改造后期，还剩几户未被拆除，影响着回迁建设的进程，侯丽琳又积极组织党性强、觉悟高的一百余名党员组成“村民自我改造委员会”，宣传政策，旨在让群众的事情群众办，就这样，仅仅一周的时间，剩余几户就全部被拆除。在这个过程中，侯丽琳展现了一名优秀社区干部的风采。

在最后阶段，拆除工作尽管已经获得大多数村民的理解和支持，但还是遭到少数人的顽固对抗：有人持刀对抗，有人拿煤气罐相逼，有人放出大狼狗。拆迁工作之所以在遇到如此棘手的情况下还能顺利完成，正是因为在种种问题面前，侯丽琳毫不退缩。她深刻理解这些村民的所想所求，所以在宣传和谈话一时不被理解时，她再一次拿自己“开刀”以此缓解群众的对抗情绪，以自己的实际行动表达对群众的理解和关心。

在谈判中，一位居民说：“我家老人没住处，把你的房子便宜卖给我，我就拆。”侯丽琳二话没说就答应了这个要求。对此，老公和孩子都无法理解，在租房、打包、搬家的那段时间里，爱人甚至没和她说过一句话。很多人也觉得侯丽琳这样做不值得，她则这样解释自己的做法："只要有一户不拆迁，开发商就不会进来，全村人的回迁就遥遥无期。不管人们说我明哲保身还是软弱妥协，我还是要这么做。虽然我损失了个人利益，换来的却是全体居民的尊重和稳定发展的大局。"是的，她正是这样做的。

正是因为看到了一个新型社区的前景，侯丽琳始终怀着一颗为村民服务、为村民整体利益着想的心，她敢于承担别的干部想不到和做不到的工作，以异于常人的勇气两次拿自己"开刀"。她的努力没有被辜负，亲贤村终于完成了蜕变，由一个"脏乱差"的城中村变成了新型社区。一个美丽幸福的家园呈现在村民面前。

自立军令状打造"五星级"社区

在没有接触过居委会和党委日常工作的人心中，这里似乎是一个可以"清闲"工作的地方，盖章、开证明、调节家长里短等琐碎小事，便是日常的工作，但亲贤社区不是如此。2018 年 7 月，亲贤社区居委会搬进了新的办公场所——亲凤苑南区 13 号楼背后。侯丽琳的办公室也随之搬了过来，这个办公楼整合了居委会的部门，包括党建、统计、民政、征兵、消防、老年工作、物业管理等部门，目的就是为居民提供更加便捷的社区服务。六千余平方米的办公空间因此变得"热闹"起来，而深受社区百姓喜爱的侯丽琳，也成为大家口中亲贤社区的"大管家"。

2013 年，侯丽琳被选为亲贤社区党委书记。为了搞好社区工作，她从基础学习做起，如翻阅大量的党建书籍、每天准时收看新闻联播节目等，此外，她还虚心向社区里的老书记、老党员取经求教。虽然在亲贤社区已经工作了十多年，但每次开会或者搞社区活动时，她还是会精心准备，忙前忙后，充满激情：“社区常务工作常做常新，学无止境，总觉得自己是个新手，多付出，才能把工作做扎实。”

俗话说，“新官上任三把火”，她的几把火可谓是越烧越旺。换句话来评价她，她就是那种“认准一件事就会向前冲，不管什么阻碍都挡不住”的人。在她的体内，有力量在奋力生长。

“不满现状”这个词语，大概是她所有行动的最完美的理由与解释。

“给钱给物，不如配个好的党支部”，侯丽琳始终用这句话来警醒自己。她努力推动社区干部素质的提升，还培养社区居民的基本技能，比如，从水、电、暖管道修理等各方面对社区居民进行培训，使他们拥有了一技之长，全部走上了工作岗位。就这样，她解决了村内七百多人的劳动就业问题。而且，在她不断的尝试和探索下，专属亲贤社区的一套新的治理模式——“党建引领社会参与”也得以形成。

志之所趋，不可阻挡。在带领广大社区干部脚踏实地工作的同时，侯丽琳的开拓创新精神也体现得淋漓尽致。为了满足群众的需求，她谋划出一个更大的计划，那便是将亲贤社区打造成“五星级社区”。在旁人看来，未有先例参考，怎能轻易实现？“没有先例，就去创造先例；没有路，就去闯出一条路；看似不可能，努力变成可能。”

这是她的信念。于是，“蓝马甲行动”“互联网 + 服务”等想法在她的脑海中一一涌现，并逐渐实现。

说起“蓝马甲行动”，蓝色已成为亲贤社区中最温暖的颜色。在侯丽琳看来，蓝色象征着积极向上。“蓝马甲行动”深受群众喜爱，每周进行志愿服务时，侯丽琳和其他党员都会穿上蓝马甲，“进行志愿服务时，大家都对我们很信任。”侯丽琳说这话的时候，脸上是欣慰的表情。

在接下来的工作中，为了让“蓝马甲行动”受众面更广，受益人更多，发挥更大效应，她和党员们又开始加班加点，考察并借鉴其他地市社区志愿工作的经验办法，并根据亲贤社区的特色，进行量身改造，成功打造了快车、医疗、管家、摄影、宣传、巡查、便民、爱心、维修、助学等 10 支党员先锋队，并且还培育出了 20 多个党建品牌，居民的幸福感和获得感骤然得到提升。

侯丽琳打消了公众的担忧，工作节奏也快得惊人，两年后，侯丽琳又坐不住了。她不满足于“线下”服务，又在互联网领域开始了“冲浪”，之后就再也停不下来了。如今，“亲贤社区家园”微信平台、“亲贤我家”微信微博号、“智慧家园”手机 APP 等社区服务新格局已形成规模。在侯丽琳的推动下，2017 年，亲贤社区成功提档，升级为涵盖养老中心、医疗中心、五星级幼儿园、党群服务中心、慈善超市、便民餐厅、红色影厅、百姓剧场等为一体的现代化智慧型社区，为居民提供的服务变得更加快捷高效。

“心中有阳光，脚下有力量。”侯丽琳常常讲，一个社区就像一个家，书记就是这个大家庭的家长，既要事无巨细什么都做，更要温柔体贴。你只有把群众的悲欢冷暖放在心里，群众才会把你当成亲人。她常用艾青的一首诗自勉：“假如我是一只鸟，我也应该用嘶哑的喉咙歌唱。为什么我的眼里常含泪水？因为我对这土地爱得深沉……”

从最初不被理解，到后来令人刮目相看；从最初被乡亲们骂“败家子”，到后来日久见人心；从最初刚刚迈入社会的大学生，到后来的社区女干部……侯丽琳用16年的工作经历，展现出一个有想法、有担当、有知识、有勇气的新时代好干部的形象。

“也许很多人会觉得我这份职业很卑微，就是居委会大妈，但我不这么认为，我相信只要用心用情去干好本职工作，就一定可以有所成就。”是的，正是因为这份情，她发挥自己的才智和勇气，用才智和奉献精神为亲贤人打造了一个幸福的家园；正是因为有无数个像侯丽琳一样平凡的时代新人，这一片厚重的土地才更加美好。时代新人，用他们平凡的力量，书写出不平凡的篇章。

撰稿人：周佳奇、郭晓云、孙佳敏　指导教师：袁文丽

时代新人——李爱红

“家政女王”李爱红

李爱红，出生于1981年、山西临汾永和人，是“贝亲好家政服务有限公司”的创始人及总经理。

出身贫寒的李爱红12岁便承担起照顾家人的重担。1999年，19岁的她背井离乡，开始了在省城的打工生活。2007年腊月，因一次偶然的机会，她接下了第一单保洁生意。2008年11月，李爱红决定组建自己的团队。她用仅有的2000元在杨家堡的一幢旧楼里租了一间十几平方米的出租屋，注册了“贝亲好服务部”。2009年，李爱红找到合伙人，注册成立了家政服务公司，并专注培训，公司开始做大做强。与此同时，李爱红始终坚持“工作学习两手抓”，于2010年考取了高级家政服务职业资格证书，2011年获得了创业培训合格证书。

在国家“大众创业，万众创新”时代精神的感召下，李爱红认识到企业专业化、标准化的重要性，在公司进行“档案式管理”，并开始在“居家养老”

上探索新领域，运营养老服务中心。李爱红还被评为家政服务先进个人。2016年，李爱红带领“贝亲好”成立实训基地。实训基地成为“吕梁护工进驻太原”的第一联络部。

现在的“贝亲好”不仅拥有标准化的系列家政服务产品，还承接运营了13个社区养老中心和老年人日间照料中心，从业人员已从38人发展到2000余人。李爱红先后带领10000余人走出大山，累计2000余人考取了家政服务人员职业资格证书。李爱红用勤劳的双手改变了自己的命运，也帮助更多的姐妹摆脱了贫困。

“做强者，战自卑；攀高峰，胜逆境；增才干，永学习；报效祖国为人民”。一路走来，李爱红的人生故事源于自己，成于国家。新时代下的李爱红正带领着她的团队，用奋斗追逐着城市中千千万万家政人的梦想。

从小保姆到“家政女王”

——乡村妹子的人生逆袭

“家政一技傍身，助力巾帼脱贫”，在太原市“贝亲好”家政实训基地门前，“吕梁山护工”几个大字格外醒目。大妈们在养老社区门口的空地上跳着广场舞，充满活力的音乐带动着每个人。在实训基地里，工作人员耐心地回答着前来咨询保姆服务的顾客的每一个问题。在楼上的培训室里，家政大姐们正认真地向培训师学习给婴儿洗澡等技能。在实训基地隔壁的养老服务中心里，大爷们正聚在一起说说笑笑，或打牌，或下棋，或聊天，气氛欢乐和谐。再往里瞧，厨房里，厨师们正在有条不紊地准备着一盘盘健康可口的饭菜，墙上的标语“回家吃饭啦”给人一种温暖又安逸的感觉。这些画面都是贝亲好家政服务有限公司非常普通的日常场景。贝亲好家政服务有限公司能在十几年的发展中带动上万人就业，并成为太原家政行业中的翘楚，离不开一个人的努力，她就是李爱红，贝亲好家政服务有限公司的创办人及总经理。

李爱红的人生之路由很多个“没想到”组成。从当年一个普通的小保姆到如今的“家政女王”，她的故事说传奇也传奇，说平凡也平凡。在这些年里，她凭借勤劳的双手，朴实的想法，真诚的态度，为自己，也为和她一样的家政人员铺就了一条通往幸福的道路。

初出茅庐：走出闭塞山村，闯荡繁华都市

李爱红出生在临汾市永和县一个只有一百多人的小山村。人们囿于鸡鸣狗吠的闭塞环境中，经年行走在山里和庄稼地里，在难言的苦和累中为温饱而劳作。李爱红的父母常年在地里干农活，李爱红从 12 岁开始就已经踩着凳子做饭、洗碗了，她还早早地担负起照顾弟弟妹妹的任务。李爱红至今都记得，年幼的她为了能吃上一根冰棍，常常把别人扔在地上的冰棍棒攒起来，攒够一定数目便卖钱换冰棍吃，而吃白馒头更是奢侈的事情。喂猪、拔草、挑水、生火做饭、干农活……就是李爱红全部的童年生活，对于山外面那个未曾谋面的广阔天地，她一直充满好奇，想要去闯一闯。

2000 年，19 岁的李爱红带着对大城市的向往和憧憬，决定到省城太原打拼。初出茅庐的她面对省城的繁华景象和快节奏生活感到茫然和不适。迫于生存的压力，她卖过衣服，卖过化妆品，当过饭店服务员，也打过各种零工。她和同伴租住在地下室里，天天起早贪黑，骑着自行车穿梭于省城的大街小巷找活儿干，虽然生活依旧

窘迫，但乐观的李爱红并没有退缩，她坚信靠自己的本事挣钱，凭自己的力气干活，一定可以融入这座城市。

七年后的一天，临近春节，在数九寒天里，朔风凛冽，路上的行人寥寥无几，外出的李爱红偶然在街边看到了“擦玻璃，打扫家，工钱现结”的小广告。抱着试试看的想法，她拨通了电话，接下了自己人生中的第一单保洁生意。没想到，这第一桶金来得并不容易。那是一个四百平方米的刚装修完毕的新家，到处都是油漆、涂料和装修垃圾。地面、玻璃上也全是污渍，实在找不到帮手，李爱红就带着寒假期间正在休息的表弟一起开始了这场艰辛的清扫“工程”。两天过去了，姐弟俩累得都直不起腰了，才仅仅把地面打扫干净。看看瘦弱的弟弟，再看看满是污渍的玻璃，李爱红无助地哭了出来……哭过之后，李爱红打起精神，振作起来，继续埋头苦干。当时，她的心里只有一个念头：答应了客户的事就要坚持到底，不能让人瞧不起。姐弟俩没日没夜地干了五天，累得全身酸痛，胳膊都抬不起来，仅仅才获得三百元钱。亲戚朋友们知道这事儿后，都笑她傻，但对于李爱红来说，这三百元就像上帝的手一样，为她打开了另一扇窗户。透过这扇窗户，李爱红收获了被认可和被尊重的感觉，得到了辛勤劳动带来的回报，也看到了未来事业里的曙光。

三百元让李爱红有了融入城市的机会，从此李爱红迈进了家政服务的门槛。她去家政公司应聘，当上了保姆，凭着吃苦耐劳、做事靠谱的服务态度，她得到了许多雇主的认可，这为她在太原这座城市扎根立足打下了最初的基础。

创业伊始：摸索家政技能，助力姐妹脱贫

随着雇主们介绍的生意越来越多，一方面李爱红感到自己一个人实在忙不过来，另一方面她想到了那些和她一样的姐妹们——她们有大把的空闲时间，同样需要活儿干。李爱红便动起脑筋：既然城里人离不开这样的服务群体，那么，为什么不自己组建团队，帮助更多的姐妹们走出农村，摆脱穷苦，过上更好的日子呢？于是，2008 年 11 月，李爱红用自己的全部积蓄——两千元，在杨家堡的一幢旧楼里租了一间十几平方米的出租屋，注册了自己的公司“贝亲好”，开始了创业之路。当时的“贝亲好”很简陋：一间房，一张桌子，一把椅子，一部电话，就是全部家当，但这些都阻挡不了李爱红走下去的决心。“其实我想得简单，人生没那么复杂，只是别人把它想得复杂了。”李爱红说。留在城市打拼靠的是勇气，也是信念，她希望能站住脚跟，让自己的下一代生活得更幸福，不再经历吃不饱、穿不暖的童年。她还渴望为更多的农村姐妹创造就业机会。一切就这样开始了。在服务部成立的初期，李爱红既是员工又是保姆，每天骑着电动车满大街跑，在广告中找客户，在电线杆上找雇主，只要有生意，不管距离多远，不管刮风下雨，她都会载着自己的姐妹去干活，如果在周末，她就把上幼儿园的女儿放在学校里，自己依旧外出工作。有相连两年的春节，她都是在雇主家中

过的。李爱红说："这些都是我的选择，既然做了，就要做下去。"如果没有当时的选择，没有这份坚持和认真，公司也许就做不起来，更不会有后来的发展了。

服务部成功做成第一单生意的艰难过程让李爱红至今记忆犹新。那是一个月嫂单子，派去的月嫂50多岁，踏实、能吃苦，也精干，但去客户家的第一天，就因为不懂消毒步骤，看不懂体温计，且操着一口浓重的方言和雇主沟通不畅，而被客户要求退回来或者换人。李爱红实在不舍得丢掉这一单生意，于是就亲自上阵，抓了一本育儿书一头扎进医院，给孩子换尿布、喂奶，细心观察产妇的身体状况。就这样，她整整四天四夜没合眼，边干边学，边学边干，人累瘦了一圈。工作了一个月后，雇主的怨气消除了，还给予她很多赞许。从此，李爱红明白了一个道理：光有力气，会干活是不够的，要想更好地服务客户，还必须掌握专业的技能和知识，与时俱进，才能有更大的发展空间。

于是，李爱红凭着对家政行业前景敏锐的洞察力，开始了对家政人员的岗前培训，同时，她将目光瞄准月嫂行业。为此，李爱红专门跑到北京的专业机构学习，回来又将技能手把手地交给自己的员工。担心自己教得不够好、不全面，李爱红又去北京"挖"来一位老师。付不起一天300元的讲课费，她就和老师商量："咱们一起培训，将来月嫂上了岗，公司挣100元，咱俩一人50元。"就是这样的诚意打动了老师，也吸引来了学员。借来黑板、塑料洗澡盆和一个玩具娃娃，"贝亲好"的培训就开始了。培训内容也在不断细化，从用马桶到适应电气化生活，再到穿着打扮……事无巨细，一个个农村大姐就这样被培养成了“城市人”。

2009年，李爱红找到一位合伙人，租了一间一百多平方米的商铺做店面，公司规模得以扩大，家政公司变得像模像样了，一年挣了十几万。那一年李爱红还参加了太原市女企业家协会组织的活动，结识了各行各业的朋友。生活变得越来越滋润了，但李爱红明白，“贝亲好”作为一个服务型微利企业，基础薄弱，要想长远地发展下去，造福更多的农村姐妹，眼前的这些还远远不够。于是李爱红不断提升自身技能，2010年，她考取了高级家政服务职业资格证书；2011年，获得了创业培训合格证书；2013年，政府组织企业家外出学习，她报名自费到山东学习。一开始李爱红觉得公司小，一走五六天，费用高，后来经过考虑，觉得还是要克服各种困难出去看一看。她在学习的过程中意识到，要想让家政事业升级发展，必须走专业化、标准化的道路。回来以后，她就在公司进行了档案式管理，公司的姐妹们一人一份档案，为她们体检、上保险……每个环节都有标准。这一年，李爱红被山西省家政协会评为家政服务先进个人。随着培训的正规化，教材和手册样样齐全，学员也多了起来，李爱红的“家政服务+培训”的模式得到了认可和发扬，有人提出加盟，李爱红就痛快地传授经验，授人以渔，共同发展。

“诚信第一条，专业更重要”。在“大众创业，万众创新”的时代精神号召之下，公司一步步发展，为求职者免费培训、免费推荐上岗，让几千名农民工完成就业。公司从开始的30多人发展到2000多人，“贝亲好”终于走上了做大做强的道路。在摸索的过程中，李爱红不止一次地感受到，心有多大，多能包容，就能办成多大事儿。只要肯吃苦，有耐力，一定能实现生命的价值。“贝亲好”就像她的一个孩子，从在襁褓中牙牙学语，到蹒跚学步，而今已然可以蹦蹦跳跳。而她自己也在不断的历练中获得了技能，增长了见识，提升了本领。

开拓创新：服务转型发展，精诚回报社会

从 2013 年开始，贝亲好家政服务有限公司就开始探索居家养老的发展新思路。李爱红最初并没有特别“高大上”的想法，只是想通过为社区提供公益服务来达到宣传的目的，然而在一次次免费剪发、免费保洁的公益活动中，她看到了老人们布满皱纹的笑脸，听到了他们一声声真挚的感谢，从内心深处感到这是一件无比有意义的事情。于是，李爱红决定在社区养老这个新领域进行尝试。2013 年，贝亲好家政服务有限公司通过发放调查表对一些社区进行摸底，开始为社区内的孤寡老人、空巢老人提供公益服务，免费为老人们量血压、测血糖、理发、代买……并定期为孤寡老人、残疾老人上门保洁。

养老公益服务在不断地深入，李爱红以高瞻远瞩的眼光再一次敏锐地发现了“社区养老服务”这一新市场。老龄化社会的到来让大量的“空巢老人”出现，不论是老人还是子女，都有养老服务的需求。随着家政市场的扩大与细化，传统家政已无法满足市场需求，当时的贝亲好家政服务有限公司正面临着转型的抉择，与专业要求更高的月

子会所相比，养老服务中心成本更低，技术要求也相对低一些，而“贝亲好”已经有了多年积累的家政服务优势，于是公司决定向居家养老服务领域延伸，为社区老人解决实际困难，提供切实的帮助和服务。2014 年，贝亲好家政服务有限公司的第一家“康宁居家养老服务中心”正式运营，这是一个集社区居家养老、机构养老、家政服务、智慧养老、养老护理员培训于一体的综合性养老机构。养老服务中心除了为老人提供日间照料和居家养老服务外，还在每年的重阳节、春节来临之际举行送温暖活动。

在随后的几年中，贝亲好家政服务有限公司陆续又有 13 个养老服务机构投入运营，居家养老服务对象达到 2000 位。李爱红经常去各个社区养老服务中心看望老人们，细心询问老人们的身体状况，告诉专业护士要定期给老人们做健康监测，并叮嘱厨师在给老人们做饭时少放油盐。对李爱红来说，这不仅是贝亲好家政服务有限公司向复合型、现代型企业转型的一步，更是回报社会、为构建和谐社会做出努力的实际行动。

在发展的过程中，李爱红在家政培训上也有了自己的想法，成立一个专门的培训机构是她心中的目标。为了扩大培训规模，2015 年年底，李爱红租下南中环一个社区近 1400 平方米的门面房。当时装修资金不够，李爱红就叫来家人、亲戚、朋友，大家一起动手装修，搬砖、运泥、运沙……凡是自己能干的活儿绝不雇人。让李爱红感动的是，参加培训的学员们也一起来帮忙。于是这支不成建制、不发工钱、男女混搭的装修队，白天在店里打理生意，晚上在工地搬砖扛沙。昏黄的灯光下，刺骨的寒风吹着每个人的脸庞，但每个人都乐在其中，干劲十足。不到两个月，毛坯房便被装修成焕然一新、功能齐全、亮堂整洁的贝亲好实训基地。

实训基地刚刚建好，就吸引了吕梁市政府的目光。吕梁山区域是山西省的贫困区之一，为了让更多的人走出大山脱贫致富，吕梁市政府在慎重考察之后和贝亲好家政服务有限公司达成了合作关系，联合打造护工实训就业基地，这也是吕梁市政府精准扶贫的一项举措。贝亲好家政服务有限公司以专业的服务和精细的培训，成为“吕梁山护工”的第一联络部。李爱红打心底里觉得，这是利于百姓也利于社会的一件好事，她希望来自吕梁山的广大农民工，都能在贝亲好实训基地学成一技，走出贫困，实现人生的转变。2018 年，贝亲好实训基地培训了 3000 余人，安排就业达 2000 余人。吕梁市领导还为贝亲好家政服务有限公司题词：“宝贝亲，宝贝好，宝贝需要这样的好月嫂。”“宝贝亲，宝贝好，照顾宝贝我来了。”能为贫困户走出大山牵线搭桥，帮助他们提升就业技能，靠双手收获自信和尊重，这带给李爱红强烈的幸福感。

“一个人的成功不算成功，让更多的农村姐妹们走出大山，带领贫困家庭脱贫，才叫成功。”这是李爱红对成功的定义。经过十多年的艰苦奋斗，贝亲好家政服务有限公司成长为集社区服务、养老服务、母婴护理、家政培训、企业孵化、物业保洁、劳务派遣、医院陪护、“互联网 + 养老”智慧养老于一体的服务信息化系统平台和综合型服务企业。如今，公司旗下拥有占地 1400 平方米的培训基地，5家直营店，25家加盟店和13个养老服务机构。在贝亲好家政服务有限公司发展的同时，李爱红也跟随着企业的脚步一直在前进。2015年，李爱红成为太原市女企业家协会会员，同年获得国务院农民工工作领导小组颁发的全国优秀农民工称号。2017年，李爱红获得山西省五一劳动奖章，还当选为山西省人大代表。贝亲好家政服务有限公司也先后获得全国家庭服务业千户百强企业、中国家庭服务协会会员单位、山西省妇联“晋嫂”家政就业创业示范基地、山西省家政协会理事单位、巾帼创业就业培训基地等荣誉。

“要幸福就要奋斗，是勤劳的双手改变了我的命运。”李爱红的总结显得平实又豁然。习近平总书记的“奋斗幸福观”完美地印证在李爱红的人生里，她瘦弱的身躯蕴藏着巨大的能量：她以一己之力创业，敢为人先；她带动身边姐妹就业，勇于探索；她发展实训基地和养老中心，造福社会。正如她自己所说：“虽能力有限，但能量无限。”性格纯朴的李爱红觉得，公司能有现在的成就靠的不是她一个人，是整个团队的力量，铸就了公司今天的良好信誉和企业形象；是家政大姐构成了贝亲好家政服务有限公司的主干力量，没有她们就没有“贝亲好”。李爱红始终秉持着“踏踏实实干活，诚诚恳恳做人”的人生信条，一步一个脚印往前走。在她的人生里，不变的，是来自农村人的纯朴和勤劳；改变的，是对家政行业从抵触到热爱的观念转变，是从过去胆怯的打工妹到现在自信的企业家的转变。在家政行业打拼的这些年里，她看到了每个客户充满感激的笑容，看到了农村大姐们走出山村摆脱穷困、迎接美好生活的过程；看到了政府和国家对自己创业的肯定和支持。在感恩这个时代的同时，李爱红也用实际行动诠释着“有理想，有本领，有担当”的时代新人的真正内涵！

撰稿人：魏颖、卢琳、程胜洁　指导教师：袁文丽

时代新人——李志军

“龙城的哥”李志军

李志军，男，1972年8月出生，中共党员。从部队退伍后，他于1995年开始从事出租车运营工作，现在是山西宝利出租车有限公司的一名司机。

因工作努力、表现优异，李志军被以“优质服务新形象”闻名的“红旗车队”选为预备队员。

1999年，他参加了发展出租车驾驶员入党的活动，并在一年后加入了党组织，公司给他颁发了“党员服务车队”的铜牌。2014年，在公司的支持下，李志军创建滴滴宝利车队。在此基础上，2017年，他向太原市客运办申请成立“共赢车队”，秉持着热爱国家和本职工作且人品要好的原则，他挑选合格队员，带领车队实现共赢目标。

在从事出租车运营的23年中，无论运营环

境和车型如何变化，李志军一直坚守着为乘客着想的初心，坚持为乘客提供更优质的服务。他的车内随时备有各种充电器、零食和呕吐袋，甚至在后备箱里还有雨衣和雨伞，以备乘客的不时之需。他对“共赢车队”的成员也一样严格要求。为了达到最好的服务效果，他要求每位成员都要做到：车里的“装备”齐全，对待顾客认真负责、细微谨慎。对于李志军来说，坚守本心、为乘客着想，在这 20 多年中，早已成为一种习惯。他无法遗忘，习惯坚守。

行车一路，坚守半生

—— 一位出租车司机的初心与热血

“不忘初心，脚踏实地”，这是李志军在工作中最真实的状态。在 23 年中，他开车穿梭于太原市所有的大街小巷，始终不忘为乘客服务的初心，与这座城市一同发展成长。

李志军理着精干的寸头，穿一件洗得发白的衬衫，这些无一不透露出他严谨的工作作风。一辆蓝白相间的比亚迪轿车是他谋生养家的工具。今年 46 岁的他，已有 23 年的出租车驾龄。安全行车 200 万公里、23 年零投诉的记录让他成为大家眼中的好“的哥”。

太原市每天有成百上千的出租车穿梭在大街小巷，李志军本来也是其中最平凡不过的一员。可与众不同的是，他在车内配备了纸巾、零食、笔、呕吐袋，还有各种型号的充电器等，这些都是他为了给乘客提供方便想出的小点子。后来这些举手之劳竟成了这辆车的一张名片，常常让乘客又惊又喜，他还因此上了电视，成了太原出租车行业里的名人。

开车不是一件简单的事

李志军是地地道道的太原人。

1992年年底，李志军从部队退伍回家已经有两年了。在此期间，他在工地搬过砖，到菜市场卖过菜，也去歌舞厅当过领班。样样都干得很好的他，却总觉得心里不踏实。终于，部队给他分配"铁饭碗"了——去太原重型机械厂做一名造型工。那可是当时多少人挤破脑袋都难以争取到的好单位，家里人总算安心了，可他却总在琢磨着怎样换掉这份工作。

"单位是个好单位，可是我不喜欢这工种。正巧我弟会开车，他和我提议一起跑出租。那时我年轻气盛，没那么多顾虑，觉得能行，说干就干。"

当时，街上的出租车还不多，出租车司机是令人羡慕的高收入群体，开出租车甚至成了一种身份的象征。他一个月的收入就是普通工人的数倍。"开出租车最风光的时候是上个世纪90年代。在全国14个高收入行业中，出租车排第12位，和牙医、律师一样厉害呢。"提起这些，李志军的脸上难掩自豪。

就这样，他不顾家人的反对，凑齐3600元的学车费，学起了开车。整整四个月，他不仅学驾驶、通理论，还要了解汽车的机械常识，琢磨汽车的构造。冬天冷，练车场地偏远荒凉，北风呼呼地吹。他常常一整天练下来，头发一甩，地上就仿佛落了一寸的灰。为了节省每天洗头发的时间，让自己多睡会儿，李志军索性把头发全剃了。“有时候练车犯困，一开窗户，凉风一灌，瞬间就清醒了。”他对这个发型很满意，直到现在还留着。

刚拿到驾照，李志军就和家里人商量买车。东凑西借，好不容易凑够了 45000 元，他马上跑到体育路的卖车市场买了一辆二手的天津大发，成为太原第一出租汽车公司的一名出租车司机。

“冬天直哆嗦，夏天热哈哈；白天太阳晒，晚上蚊子咬。”开车有苦也有累，好在李志军总能找到乐子，并乐在其中。他不仅勤勤恳恳，没日没夜地开车赚钱，还很热衷于参加公司的日常公益活动，比如去敬老院慰问老人、当义工洒扫街道等。“那个时候自己也不懂什么是理想信念，心里就想着，要做好人做好事。”由于工作努力、表现积极，1999 年，李志军光荣地加入了中国共产党，成为党员服务车队中的一员。后来，随着规模逐步扩大，车队改名为“红旗车队”，公司还给每位队员的出租车颁发了专属的汽车铜牌。当“红旗车队新风尚，优质服务新形象”的横幅贴满大街小巷时，李志军深切地感受到乘客对于红旗车队的信任与支持，职业的归属感和自豪感第一次满满地占据了他的心。他开始体会到，这个看似不起眼的职业同样承担着社会的责任和来自人民的监督。

“那时我还年轻，我知道自己在做什么，但我不知道自己的方向应该在哪里。”他曾经认为开车是一件简单的事，可是渐渐地，他已经不再满足于“做”，而是想要“做得好”。

会移动的“百宝箱”

李志军不是没想过换一份工作，他开过店，干过小生意，但都不长久。兜兜转转下来，他还是干回老本行，再次回到出租车的岗位上。不过在短短的两年时间里，太原城的变化也着实让他吃了一惊。且不说道路变得平坦又宽敞，光是一座座纵横交错的高架桥就让他迷失了方向。在上世纪 90 年代，威风又气派的五一大厦早已淹没在平地而起的高楼海洋中，那些路边新栽种的树木花草也令他心旷神怡，李志军逗趣地说，这下终于敢打开窗户吹吹风了。

最让他惊喜的是那辆纯电动的新能源轿车，他觉得好看极了。蓝白相间的颜色如同天空一般，车型看起来轻巧不少，后备箱的空间更大了，座椅也十分舒适宽敞。最让李志军拍手称赞的是，为了减少空气污染，太原成为全国第一个全部使用纯电动出租车的省会城市。新能源出租车不仅能够实现零排放，能源成本也降低了，一举两得。李志军一拉上外地乘客，就会滔滔不绝地向他们介绍太原的新能源车，外地乘客听了，都啧啧称赞：“太原人有福。”

这几年，太原的出租车行业发展迅速，转眼间就有了数以千计的出租车司机。他们不分昼夜手握方向盘，在大街小巷，人们都可以寻见他们的身影。相比上世纪 90 年代，李志军的日常接单量翻了一番。

行业的竞争压力越来越大，出租车司机们也开始暗暗“较劲”。

李志军看着这座焕然一新的城市，觉得自己不能只是埋头开车挣钱了，要将服务质量提上来才行，于是每天下班后，他就开始琢磨如何提升自己的服务质量，让乘客满意。

不久，车队搞团建，大家决定坐大巴车去灵石的红崖大峡谷看风景，放松放松。一路上风景虽好，但山路难免颠簸，车队里的同事都有些晕晕乎乎，更别提同车的其他乘客了。车继续在蜿蜒曲折的山路上行驶，一位乘客忍不住要呕吐，赶紧招呼司机停车，但是大巴车为安全起见不能急停，车厢又是密闭的空间，若吐到地上难免会臭气熏天，大家都有点着急。这时李志军看到大巴司机指了指车窗下的小抽屉，示意让他打开。他一看，是一卷呕吐袋，随即递给那位乘客，就这样，解决了一时之难。

平常开出租车，李志军也总会遇到晕车的客人。如果遇到不能立即停车的路况，乘客又忍不住，车里就会变得一片狼藉。乘客难堪，司机难办。大巴车司机的举动给了他很大启发。团建结束回到太原后，李志军立马给车里放上了呕吐袋。后来遇到晕车的乘客，他就会及时拿出来，免费给乘客使用。乘客解决了困难，特别感激他的细心。虽然他要多花几块钱买呕吐袋，但换来的结果是乘客舒心，司机省心，何乐而不为呢！

每次得到乘客的肯定，李志军都能够切切实实地感受到自己对他人的价值，因而备受鼓舞。一次，乘客的手机没电了，想要借用李志军的数据线充电，可因手机型号不同，他没能帮上忙。次日，他立刻在网上下单买了几根常用的数据线，以备乘客不时之需。等到下次，当他拿出崭新的数据线给乘客使用时，乘客先是一惊，接着就赶紧推辞："我不买数据线，不用了不用了。"李志军看看还带着包装的数据线，心领神会地笑笑，接着就把包装纸使劲一撕，再递给乘客："现在不是新的了，放心吧，这些都是免费使用的。"

想乘客之所想，供乘客之所需，没有多久，李志军就把车上的后备箱充分地利用起来了。一些司机见了李志军的车，哈哈大笑："李师傅，你这是在车上开了个小卖部呀？"他并不在意这些声音，说道："我提供这些物品，目的并不在于挣钱，我提供的是一种服务。乘客看见你车里摆放的这些物品，可能不会买，但他心里一定知道，这个司机不是坏人，对你就多了一份信任。"信任，是乘客与司机间最难得也最珍贵的感情。一次举手之劳的帮助，收获的不仅仅是来自乘客的感谢，也有发自心底的满足。

用心，才能赢得信任

2014年，滴滴打车进入太原市场。"滴滴"因其方便快捷赢得了不少市民的喜爱，一时间，滴滴司机和出租车司机仿佛成了水火难容的对立面，争吵辩论的声音不绝于耳。李志军并不着急，反而在第一时间下载了滴滴APP。虽然早就换上了智能手机，但他对于手机APP的应用并不熟悉。可他还是想知道，自己开车十几年了，这么一个小小的APP怎么就突然风靡起来，成为人们出行的好帮手了呢？

知己知彼，百战不殆。李志军每天一回家，就开始琢磨滴滴APP，了解它的使用方法，搜索它的运营模式，分析它的软件新创意。他越看越觉得，这类出行APP确实是时代发展中的“新发明”。此时刚好李志军所属的宝利公司打算和“滴滴”联合打造一个融合发展的平台，李志军因为表现突出，顺利成为“滴滴宝利”车队中的一员。加入车队后，他对滴滴平台的提前预约功能很感兴趣，自己也学着使用。一天，李志军如约来接一位已经提前预约的乘客。乘客上车后看到干净整洁的车厢，以及各类摆放齐全的用品，有些吃惊和疑惑：“师傅，我约的是出租车，不是专车。”李志军乐了。一路上，乘客和他聊得很开心。临下车，乘客无意地说了一句：“不知道下次什么时候才能约到你的车，这次真是个惊喜。”

这句话仿佛一语点醒梦中人，之前李志军就觉得“滴滴”能精准、快速接单确实给乘客带来很大便利，因为这样不仅避免了他们出门时打不到车的焦急，也进行了合理的资源调配，这些都是“滴滴”的优势。同时，他也坚信，“滴滴”只是出租车行业的补充，并不可能完全替代出租车的作用，那么，出租车应该如何凭借自身的优势，利用“滴滴”新潮的运营模式来发展自己呢？李志军始终在思考这个突破口，这一次，他在乘客身上得到了答案。

“滴滴”预约确实便捷，但是乘客与司机之间仅仅是随机进行的相互匹配，每次预约都很难约到相同的司机，加之乘客只知道预约司机的车牌号和手机号，对其他一无所知，这就大大加深了乘客对司机的不信任感。李志军想，如果自己推出个人车辆预约服务的话，那么，今天的每一位乘客都将是他日后潜在的预约客户。只要自己用心服务，赢得乘客的信任，不仅自己的预约订单会增多，乘客也能有既方便又安心的出行——这不就是现在人们常说的共赢嘛！

李志军兴奋极了，立马和乘客交流了自己的想法。乘客一听，立刻拿出手机，他们互留电话。李志军心里直乐，说道："以后用车随时找我！"

没过几天，李志军崭新的名片盒就出现在车内一角。看着名片被乘客一张一张地拿走，他有说不出的满足。向名片盒里补充名片成了李志军觉得最有成就感的事儿，那是乘客对他用心服务的肯定。

不知从哪天起，李志军猛然觉得自己有些不一样了。他依旧留着短短的板寸，仍然有说干就干的力气，但他开始懂得身上的责任了，逐渐找到职业的方向了。23 年的时光，带走了年少的顽皮与冲动，留下的是一颗不变的初心——"为乘客提供超出预期的出行体验"。

共赢车队的共享服务

2016 年，"滴滴"的出租车业务全部取消，"滴滴宝利"车队逐渐解散。但李志军的业务更繁忙了，由于预约乘客太多，他开始有点力不从心。他分身乏术，却又不想辜负乘客们的信任。有时同事王宇也会替他分担一部分订单，但还是远远不够。后来，王宇向他提议，他们可以自己建立一个车队，把订单分享给更多的同事。李志军有点迟疑，他从未想过亲自组建车队。"怎么组建？成为车队队长后又应该怎么干？要从哪里做起呢？”可眼下这确实是最好的办法。于是他俩向公司申请，公司非常支持他们的决定，车队就这样紧锣密鼓地组建起来了。

既然要做，就做最好的。他早早就想好了车队的名字，叫“共赢车队”。车队全员一体，共享预约资源，给乘客提供最优质的服务，实现乘客与司机的共赢。但想要加入这个车队并不容易，必须经历一段时间的出行考核，再由正式队员讨论准许后才能加入。对于队员的选择，李志军有两点硬性要求：一是热爱国家和本职工作，二是人品好。他深信，一个人只有具备以上两点，才会有向善向好、为乘客热情服务的心。

“其实很多出租车司机并不是不想好好服务，只是不懂得如何服务好而已。他们也想多挣钱，也想和乘客融洽相处，却不知道怎么去做。”李志军喜欢和队员分享自己的诀窍，更想和这个集体一起成长。

李志军当兵时，和班长的关系处得很好。那时，他觉得班长很有趣，平常休息时，大家总爱插科打诨，和班长开玩笑、耍闹。可一到部队训练、上场演练之时，班长就仿佛换了一个人似的，紧皱的眉头、严厉的语气，吓得大家都立刻紧绷起神经，振作起精神。如今作为队长的李志军也学起班长的样子。平常不送乘客时，大家在群里热火朝天地聊得很欢快，可一旦要送乘客或者安排接送任务，李志军就要求大家打起十二分精神，认真对待乘客。乘客乘车时，车厢内要保持绝对安静，司机不能吸烟，对乘客要保持礼貌。安排接送任务时，大家要认真分配落实，做到不抢、不闹、不失约三原则。曾经有个别队员争抢订单，严重影响到车队的和谐氛围，李志军就直接将其开除。他深信："只有心聚在一起，才能共赢。"

因为工作需要，李志军先后加入了"全国出租车对接连动联盟""全国机场的士队长精英联盟"等微信群，和全国各地的出租车司机都建立起密切的联系。大家每天在微信群中分享订单，为各地出差旅游的乘客提供专业的接送服务，有时也会畅所欲言，讨论自己的所见所感所悟。

一次，在"全国出租车对接连动联盟"群里，一位来自广西车队的队长，一时兴起，给群内成员讲起当地古代南越国的故事。大家原本你一句我一句地说着，此刻都被这个故事吸引了，听得入了神，安静下来。李志军也喜欢听这些有关风土人情的故事，觉得别有一番趣味。他不禁想，这些有趣又好玩的故事，开车的时候不都可以跟乘客分享吗？

李志军和队员们提出了自己的想法，没几天，队里的石俊维就买来一本关于太原历史典故的书回家学习，然后讲给队员们听，其他队员有新的发现也都会主动分享。一来二去，队里人人都可以称得上是"行走的太原故事书"了。

近年来，山西大力发展旅游产业，来太原城旅游的人也多了起来，队里的司机隔三岔五就会接待外地游客。队员们除了提供接送服务，还会热情地给乘客们讲述太原的历史传说和城市发展概况。都说出租车司机是城市文明的窗口，就在这些点滴而琐碎的交流中，李志军和他的队员们为太原城市形象的塑造做出了贡献。

车在路上行驶，服务在不断跟进，凭借着对出租行业的一腔热血和多年的内心坚守，李志军也在人生路上不断地实现自我超越。“安全出行一条路，实实在在一个人”就是他的现实写照，也是他的人生态度，在李志军看来，开出租车早已不是一份养家糊口的职业。23年过去了，虽然他的掌纹开始粗糙，但他的心却更加明亮坚定。行车有终点，成长之路却无边。行，是他的工作常态，更是他面对困境的自我激励。

“您好，请问去哪里？请系好安全带。”

常见的道路、重复的终点，是不变的日常场景，而李志军对乘客的热情服务也始终如一，一直在路上……

撰稿人：李佩然、弓绮慧、武涛　指导教师：韩晓芳

时代新人——任保青

“井州花农”任保青

任保青，男，1979 年 11 月出生，山西寿阳人，太原市植物园引种工作者。

2010 年，任保青中科院博士毕业，他放弃了在大城市工作的机会，回到家乡，投身于太原植物园的建设工作中。2010 年，植物园建设刚刚起步，初出茅庐的任保青依托前辈们撰写的 5 卷本《山西植物志》开始进行野外调查研究。很快，他发现了在全世界范围内消失 79 年的无喙兰、老鸦瓣、细小景天等 30 多种珍稀濒危植物；撰写了《山西紫草属植物新资料》《山西百合科植物新资料》《山西兰科植物新资料》《山西景天属植物新资料》等论文，不断填补山西植物研究的空白。

2013 年，任保青开始植物园的引种工作，他决心要构建珍稀濒危植物的“诺亚方舟”。在任保青团队的共同努力下，目前太原植物园引种驯化基地栽植600余种植物，其中珍稀植物达40余种，而未来这一数字将达到3000种以上。

仜保青立志做好“龙城花农”，让太原植物园成为山西最美名片之一。作为园林工作者，这是他的责任；作为植物分类学者，这是他的使命；作为山西人，这是他的情怀。

用热爱浇灌“奋斗之花”

——植物分类学博士的“植物王国梦”

圃地开阔，一蓬蓬绿延伸开来，一抹抹红争奇斗艳。同外面的冰天雪地不同，冬季的太原植物园基地大棚，还是春天的光景。大棚里，一位戴着草帽的“花农”穿梭其中，俯身观察植物的生长情况，认真记录注意事项。走过四季，夏天为怕热的植物“洗澡消暑”，冬天为怕冷的植物“穿衣戴帽”。他就是采集到在全世界范围内消失 79 年之久的濒危植物无喙兰标本和图像资料的国内第一人——“并州花农”任保青。

“中科院植物研究所植物分类学博士，发现了 10 种在记载中太原市没有的新植物，增添了 3 种山西植物科属的记录，成功驯化了 45 种珍稀濒危植物……”这些都是贴在任保青身上的荣誉标签，但在太原植物园引种驯化基地这个栽植有 600 余种植物的植物王国里，任保青只想做好“并州花农”，让人们都知道山西的“好风光”。

与植物结下不解之缘

与植物结缘，或许是冥冥之中的天意。孩童时期的“一见倾心”，让他与植物结下了不解之缘。

任保青年少时体弱多病，在他的记忆里，父母经常会抓中药来调理他的身体。植物虽小，却能排疾缓痛，强身健体，这让年幼的任保青感到惊奇不已，对植物的兴趣或许就是在那个时候萌生的。后来在亲戚家休学养病时，闲来无事的他偶然发现了一本药用植物图谱，经过反复翻阅，任保青心里本就已经萌芽的“种子”开始悄然生长。“或许在别人的眼里，植物是死的，不如动物活泼有灵性，研究植物是一件很枯燥的事，但对我来说，植物有它们自己的智慧。我最喜欢的花是兰花，我觉得兰花是一种特别有智慧的植物，有一种兰花叫眉兰，它能将自己的花朵伪装成雌性蜜蜂，连蜜蜂身上的根根绒毛都能伪装出来，吸引雄性蜜蜂来帮自己传播花粉；在植物界中还有一类肉食性植物，它们能捕食昆虫或小动物，像猪笼草，就有一个独特的吸取营养的器官——捕虫笼。捕虫笼呈圆筒形，笼口上还有一个小盖子，等小昆虫滑落瓶内后，上面的盖子会合上，昆虫就会被瓶底分泌的液体淹死，随后猪笼草会逐渐分解虫体的营养物质，进行消化吸收……”每每说到有趣的植物，任保青的话就变得多了起来。

孩童时期在心中萌芽的“植物种子”悄然生长，任保青和植物的缘分也在继续。在他 20 多年的漫漫求学路上，“植物”一直是他的“关键词”。

“力学如力耕，勤惰尔自知。但使书种多，会有岁稔时”，这是中国古人所说，任保青的求学之路印证了此言。任保青的求学之路一波三折，他却凭着“上下求索”的精神实现了初心。在第一年高考失利后，任保青复读一年，考上了运城高等专科学校（现为运城学院）。后来，他通过了专升本，就读于山西师范大学生物学教育专业，因为不太喜欢血淋淋的动物解剖，再加上小时候和植物的“奇妙缘分”，任保青转向了绿油油的植物研究。在山西师范大学学习的日子里，因为“中选生”的身份，任保青和室友被同校的其他学生“刮目相看”。但正是因为想争这一口气，任保青更加努力：英语四级一次过，6 个人的寝室，考研走了 5 个。任保青在考研时，因为政治差了 3 分，和理想中的山东师范大学失之交臂，最终被调剂到四川农业大学。

2002 年，任保青真正开启了植物学术研究的征程，学术方向是植物分类，贯穿于其学术生涯的一个关键词是“桤木”。最初，在导师的建议下，任保青开始研究桤木，但万事开头难，研究桤木的历程并不顺利。因为培育的桤木种子迟迟不发芽，无法进行下一步研究，任保青心里很着急，再加上身边同学实验成功的消息频频传来，第一次做研究的任保青感到了巨大的压力。但是这世界上只有一种压力，就是没把时间和精力花在对事情的研究上，而花在对自我的担忧上。任保青明白这个道理后，压力和苦恼少了。在仔细观察、认真分析原因、多次换种实验后，这棵“顽强”的桤木种子终于发芽了。而任保青心里的“桤木芽”也开始慢慢生长。2005年，他毕业于四川农业大学，取得硕士学位，论文是《中国桤木属植物的细胞学研究》。之后，他进入中科院植物研究所攻读博士学位，论文仍然与桤木有关——《桦木科桤木属植物的分类学研究》。后来，他在读博期间从美国带回一株“美国菱叶桤木”的种子，并一直小心地保存在实验室里，回到太原工作后，又将它从北京带了过来，现在丁脆连微信名都改成了“Alnus”（桤木属的拉丁名）。

从上小学到攻读博士，任保青长达24年的学习生涯，虽然充满曲折、坎坷和磨难，但也生动地诠释着坚韧、执着和耐心的含义。

野外调查邂逅无喙兰

2010年，30岁的任保青博士毕业。国内一线城市和许多著名的南方企业都向他抛来橄榄枝，但他放弃了大城市的繁华生活和高薪工作，毅然回到家乡。在当时全国几乎所有省会城市都有自己的植物园的情况下，太原植物园才刚刚开建，这对任保青来说，不仅具有挑战性，还具有强大的吸引力，因为这样他就可以见证太原植物园从“稚嫩幼苗”长成“参天大树”的过程。再加上植物分类专业的优势和对家乡土地的眷恋，任保青最终选择了在太原植物园进行植物园建设和植物研究的工作。

但当时的太原植物园和任保青的“理想状态”完全不一样。刚刚起步的植物园一片空白，基础设施的配备不完善，甚至连引种驯养基地都没有，根本无法支持他做研究……

理想和现实的巨大差距并没让任保青一蹶不振，反而更让他下定决心，要在这里干出一番大事业。于是，初出茅庐的他，依托前辈们撰写的5卷本《山西植物志》，频繁到野外进行调查，目的就是进一步摸清山西的“植物家底”。

“知道的越多，不知道的也就越多。”要想研究珍稀濒危植物的种质资源，就需要得到目标物种野外的第一手资料。而为了确保引种的准确性，上山、下沟、在悬崖峭壁上采摘植物，对他而言是家常便饭。悬崖峭壁采一朵，万木丛中摘几枝。几年来，他的足迹遍布三晋大地，数十次往返于山野间。从吕梁山到太行山，从中条山到五台山，他多次踏勘，将山西的几座大山像过筛子一样滤了几遍。

从2013年到2017年，任保青撰写了《山西紫草属植物新资料》《山西百合科植物新资料》《山西兰科植物新资料》《山西景天属植物新资料》等论文，填补了山西植物研究的诸多空白。《山西植物志》凝聚了几代人的心血，里面囊括了从20世纪80年代至2004年山西境内发现的几乎所有植物。但是几年来，在任保青和他的团队翻山越岭的寻访中，“老鸦瓣”“黄花油点草”“细小景天”“野生蕙兰”等植物又被意外地发现了，而这些植物在《山西植物志》中都没有记载。

“世之奇伟、瑰怪，非常之观，常在于险远，而人之所罕至焉，故非有志者不能至也”。越是珍贵的植物，越出现在人迹罕至的地方。任保青印象最深、收获最大的一次野外考察就是发现了无喙兰。

无喙兰是兰科中最原始的类型之一，而且是我国特有的单种属植物，极其稀有。自1935年俄罗斯科学家在山西发现一株后，几十年来，在全世界范围内再未找到第二株。太行山孟信垴自然保护区是国家一级保护动物金钱豹的活动区域，但并不是文献记载中发现无喙兰的地方，但偏偏在这里，任保青和无喙兰有了一次美丽的“邂逅”。

任保青开始的目标并不是寻找无喙兰，只是为了摸清山西的“植物家底”，想找找山西还有哪些藏在深山人未知的植物。通过比对资料他发现，珍稀植物往往会与珍稀动物的路径相伴，于是他“兵行险招”，把野外植物考察路线由人走的“步道”改为动物的“兽道”。无喙兰是腐生植物，不进行光合作用，平常都在地底下，只有在花期才会出现在地面上，想要发现它，也是需要运气的。或许是老天眷顾，2014年10月的一天，任保青在金钱豹的粪便与落叶中意外地发现了三棵像小草一般瘦弱却挺立的植株，通过初步观察，任保青基本断定这几株植株是一种腐生兰花，可究竟是哪种，一时难以判断。他小心地采下一株放进标本盒，带回来研究。后经国内外众多植物专家鉴定，这正是失踪已久的无喙兰。目前，这株珍贵的兰花标本被保存在中科院植物研究所的国家标本馆内，它对研究兰科植物系统发育、古植物区系等都具有重要意义。

野外探险，危机四伏。“我还是蛮幸运的。”任保青说。在多年的野外调查中，任保青的团队成员有被蛇咬伤的，任保青却没有受过严重的伤。但在一次野外探险中，任保青也让队友们捏了一把汗。当时，团队的车辆停下后，任保青从车上下来，为了多争取一点时间自由考察，他往前跑了一段路。谁知入了迷的任保青越跑越远，没注意到自己已经远远地把车甩在身后了，而同伴们往前走了一段路没找到他，开始紧张起来，又调回头找，直到等不到同伴的任保青也往回走，才和大家重新会合。一直提心吊胆的同伴们埋怨他“为了植物连命都不要了”，他则自嘲“上瘾了，戒不掉了”。

做濒危植物的“驯化师”

任保青心目中理想的植物园一定要具有自己的特色，而任何一座好的植物园，无不是长期积累的结果。在做好研究、提高园艺水平的同时，任保青和他的团队更加重视植物园的科普作用，收集、展示、科普尽可能多的物种。引种驯化基地建成后，任保青和他的团队陆续将数十种濒危植物引种进来。2015 年，任保青团队成功引种驯化了与恐龙同时代的翅果油树。这种树的果实含有丰富的蛋白质、氨基酸，成分与人类的母乳极为相似，是自然界赐予的天然补品。任保青团队还成功驯化了文冠果树，用生物技术提取其果实，可得到高纯度的柴油，这是一种可再生能源，对环境保护和生态文明建设意义重大。东汉的蔡伦发明了造纸术，千百年来，中国的造纸技艺日趋精湛，这一切的秘密在于我国有世界唯一的植物——青檀树，它的纤维修长洁净，可以制造出世界上独一无二的宣纸。这些珍贵的青檀树，目前也正在驯化中。

在引种驯化的过程中，任保青时常会遭遇失败。由于濒危植物的适生性，让它很难在栖息地之外的土地上扎根。将它们迁入新家的准备过程是非常复杂的。树坑要经过细致处理，里面铺上草炭，要尽量让土壤变得疏松，提高土壤的透气性。尽管如此，由中条山迁到太原的省级重点保护野生植物泡花树、山胡椒树等十几种濒危树种，最终还是未能在植物园扎根。

现在，在太原植物园的引种驯化基地里，每天都能看到任保青在苗圃里转来转去的身影，植物、植物、植物，他的眼中只有植物。

2018 年 4 月，任保青获得了去英国皇家植物园邱园学习考察的机会。邱园是联合国认定的世界文化遗产，里面收集了约五万种植物，约占已知植物的八分之一。其收藏种类之丰，堪称世界之最，是每个园林人心目中的宝藏。在邱园的月季园中，任保青在看月季时，听到两位中国女生把月季当成了兰花，当时，他的职业病就犯了，现场给她们详细解释了兰花与月季的区别。回国后，任保青对这次经历还是很难释怀，他想到中国作为世界排名第三的植物大国，资源丰富，但民众对植物的了解和认识却很少。尤其对于山西来说，至今没有一个成规模的植物园，是一件特别遗憾的事情。任保青希望尽自己最大的努力去保护濒危植物，让更多的人以及子孙后代都能看到这些植物，而不是在书上学到的“曾经”。任保青希望在更多的珍稀植物灭绝之前，将之保护起来进行研究，将生态资源进行科学高效的利用，从而达到人与自然和谐发展的最佳状态。

感谢家人的默默支持

生活中的任保青简单质朴，不抽烟不喝酒，平日里粗茶淡饭，倒也过得平静自足。他喜欢打乒乓球和羽毛球，回家后也不全都在读书，偶尔也刷刷偶像剧。他重家念乡，当年回太原，也是因为太原离家乡寿阳不远。如今他在太原买了套小房子，家离单位很近，骑电动车五六分钟就可到达，这样也方便照顾有孕在身的爱人。2019 年，39 岁的他将迎来自己的第一个孩子，“晚婚晚育”的他要做父亲了。由于工作繁忙，妻子怀孕后，他的陪伴也很少，甚至几次产检，医院里都只有妻子一人的身影，但妻子对他的工作表示理解，还笑着说，这是丈夫为了让自己学会独立生活。

这些年在外求学，任保青感到对父母有深深的亏欠，一提起这事，他的眼眶就湿润了。任保青的父母都是最朴实的农民，在 20 多年的求学生涯中，任保青从没为学费发过愁，家人的理解与支持是他最大的欣慰和动力。他是父母的骄傲，却也因忙于工作，无暇陪伴二老，与家人产生了“距离感”。父母挂念他时，只能通过弟弟询问。几年前，在博士论文的“致谢辞”里，他曾写道：“感谢我的家人远远的观望和默默的支持，着急和无奈是你们用来表达关心我的方式，我全明白，谢谢你们。”寥寥数语，真情尽现。

每一个普通人都在生活中书写着自己的故事，或平淡无奇，或跌宕起伏。而生活中的奋斗就像一本书中的插图，亮丽与灰暗，明快与阴沉，都让人难以忘记。无论选择怎样的生活，都应风雨兼程，坚定地前进，只有这样，地平线上的目标才会愈加清晰。我们要把背影留给时代，让足迹写满大地。

爱好有三种境界——兴趣、乐趣、志趣。兴趣产生于乐趣不难，但是难得的是将乐趣上升为志趣，并为之奋斗一生，不问名利，不为繁华。“并州花农”任保青，用坚韧和执着浇灌了一株“奋斗之花”，它开得如此鲜艳，如此绚烂。

撰稿人：杜迟伟、孙晓凡　指导教师：王利花

时代新人——魏星

“刹车专家”魏星

魏星，男，山西太原人，现任山西远东宝环保科技有限公司总经理，山西聚星辰制动科技有限公司董事长。

1998 年，魏星赴澳大利亚留学。因为痴迷汽车，他注意到高配置和强性能的赛车也存在着诸多无法避免的刹车问题。2004 年，魏星回到太原后不久，就投入到汽车刹车系统的研发中，之后，终于研制出可以将刹车距离缩减至 30%至 50%的刹车系统，大幅度提高了汽车的安全性能。

2006 年，成立太原星羽制动科技有限公司；2012 年，公司成功研发出新型材料——铝镁合金；同年，自主研发的助力器获奖；2014 年，将新型材料应用于刹车制动盘；2017 年，山西聚星辰制动科技有限公司成立，并建起新工厂。

魏星的研究成果引起了国内外同行的高度重视，有国外公司开出高价收购魏星的专利技术。

魏星拒绝了收购请求，并且说：“如果国家需要，我随时可以把这些专利捐出去。”

从赛车手到刹车专家

——民营企业家的豪迈人生

连续不断的轰隆声，急速飞扬的尘土，凌空，飞跃，落地。白色是天空，黑色是大地，绿色是树木，他的眼前是终点。两百公里的时速，松油门，踩刹车，打方向，换挡，一气呵成，每一秒都惊心动魄。少年人的意气风发在听不到风声的头盔里，在来不及弯腰的草丛里。

办公室里，他看着桌子上的零件，望向安静的厂房。阳光从窗户斜照下来，洒下一地暖阳。这里即将铺满生产线，将他用十数年时间辛勤研究的成果——汽车高性能真空助力器和轻合金陶瓷制动盘送往世界各地。

与汽车的天生缘分

不大的维修间里，一个男人用千斤顶把汽车撑了起来，他测试胎压，给汽车换轮胎，做四轮定位，更换发动机……前额的汗珠顺着鬓角流入衣领，他卷起自己沾到最少油渍的衣服将汗拭去，额头上却还是留下了黑色。这是魏星记忆里的父亲，这个维修厂是魏星最熟悉的地方之一。上个世纪 90 年代，魏星的父亲创办了一家汽车维修厂，这家汽车维修厂成为太原市第一批汽车维修厂之一。凭借着汽车行业发展的时代东风，汽车维修厂不断发展壮大，而魏星也一天天长大，他与汽车的联系也越来越紧密。

1998 年，魏星的父亲去澳大利亚办事，被澳大利亚的风土人情深深吸引，决定让魏星出国读书，增长见识。在参加了几个月的英语培训班之后，魏星坐上了前往澳大利亚的飞机，开启了他与汽车的第二段缘分之旅。在澳大利亚上大学的魏星利用业余时间干起了老本行——在一家汽车维修厂打工。与此同时，血气方刚的魏星成了赛车手，在一种往来纵横、呼啸如风的感觉里，他把自己的生命和汽车连接在一起。难以想象，这样一位成熟稳重、温文尔雅的民营企业家，在年轻的时候居然也曾驾驶赛车，在电闪雷鸣般的驱驰冲奔中肆意地挥洒着激情。魏星说：“只要是爱车的人，内心都会对赛车有一些向往，如果说赛车是一门武功的话，人车合一就是人人向往的武林绝学。”

或许有人在澳大利亚的街头看到过闭着眼睛走路、满身疲惫的魏星，他在酒店上班，曾经两天两夜没合眼。他从事过建筑行业，用流利的英语帮助中国工人索要工资，组建团队，安排活动。他当过导游，从带中国游客兼做司机开始，慢慢成为管理导游的组长。在澳大利亚的八年，魏星凭着一股闯劲儿去尝试不同的生活。他说，年轻的时候恨不得把一天当一年来用，什么都想去试一试。

冬去春来，四季轮转，一年又是一年。八年的时光转眼溜走。2004 年，魏星回国。短暂休整之后，魏星进入父亲的汽车维修厂，从此开始了十数年如一日的研发工作。曾经有人问魏星，是否觉得这样的生活枯燥乏味，他笑着给出了否定的答案："看似按部就班的背后，其实是一个成就感不断满足和跃迁的过程。"

创新没有那么神秘

2016 年，魏星自主研发的高性能真空助力器产品在第三届中国创新创业大赛全国总决赛中获得"创新奖"，是山西省唯一的获奖项目。魏星和其他获奖项目的负责人被请到颁奖台上等待领奖，他周围的人都在大笑、欢呼，表达着获奖的喜悦，唯独魏星，一个人安静地站在那里。主持人问他为什么这么冷静，他回答："我知道我们可以拿奖！"之所以如此自信，是因为十几年如一日兢兢业业的研究给了魏星足够的底气。魏星说："其实，创新没有那么神秘，就是要实践，实践，再实践。我平常接触实际比较多，我就是在干中创新。"

当年他在酒店工作，“干中创新”的思维就已经形成了。每当活动结束，服务人员就要撤桌子，酒店规定撤桌子时，每一个服务员负责四张桌子。于是，在每一个服务员都得来回拿东西、放东西的时候，两只手上总是会出现不同的餐具。很多时候，一个服务员左手拿着三四个杯子，右手拿着几个刀叉。魏星发现这样做事效率很低，而且容易出事故，于是向组长反馈，建议服务员在撤东西的时候先一起撤杯子，把杯子放回固定位置之后再撤刀叉。大家采纳了他的意见，撤桌子的效率提高很多，他因此被提拔为组长。

后来，在与汽车长年累月打交道的过程中，魏星逐渐发现了刹车系统中存在的问题。早先在汽车修理厂工作时，他和父亲接收了很多因为刹车系统出问题而需要维修的汽车。后来他在澳大利亚玩赛车时发现，即使是拥有高配置和强性能的赛车也存在着诸多无法避免的刹车问题，魏星渐渐对汽车刹车系统产生了兴趣。

2004 年，魏星回国之后就和父亲开始了刹车系统的研究。当时国内的各大厂家关于刹车系统的研究，主要集中在主动刹车。主动刹车指的就是当前方有障碍物的时候，驾驶员自动刹车。但是主动刹车的前提是汽车的刹车股有足够的摩擦系数，并能够在刹车时站稳。就当时的科研水平来说，这个前提条件是很多汽车生产商无法做到的。魏星从汽车制动方面入手，试图直接解决刹车系统摩擦系数不足的问题。汽车制动是一个由刹车盘、助力泵、总泵、分泵等组成的一个系统。魏星的研发极为严谨细致，他和团队对系统内部的每一个部件都进行研发和测试，再针对测试中出现的问题寻找解决办法，使得每一个部件的性能得到优化和完善，最终把这些部件整合进系统，使得制动系统的安全性得以大幅度提高。

领奖台不高，但迈上领奖台的这一步却花了魏星十几年的时间。在这十几年间，他有过进步，也受过挫折，收到过赞誉，也遇到过不理解，但魏星始终没有停下钻研的步伐。他不断地实践，在实践中发现问题，针对问题进行思考和交流，集思广益，从而最终找到解决问题的方法，这就是魏星成功的秘诀。让人振奋的技术创新，就是在这样的实践中逐渐累积的结果。

汽车高性能真空助力器研发成功了。产品经国家汽车检测中心台架试验，刹车距离缩短了 30% 到 35%，在刹车性能上超过现有产品，使汽车的刹车安全性能得到极大的提高。助力器只是魏星十几年研发的成果之一，与此同时，他已经拥有 20 余项专利技术，涉及刹车系统的各个方面。面对成功，魏星从来都是平静的，在他看来，这一切都是水到渠成、瓜熟蒂落的，又何必欣喜若狂呢？“我把时间、精力、资金都投进去了，十几年一步步走过来，不懈怠，不退缩，结果一定会出来的，只是时间早晚的问题。”

2006 年，他注册成立了太原星羽制动科技有限公司。公司的宗旨是：“提高汽车制动的主动安全性能，保障行车安全。”如今，他做到了，但他并没有因此骄傲，也没有因此懈怠。此后，魏星的研发转向了新材料领域，他开始了新的征程。

研发的乐趣

早上9点，魏星出门上班，避开早高峰的他仅仅需要等几个红绿灯就可以到达公司。午夜12点的太原，马路上只有三三两两的车辆驶过，路灯的光线在一片黑暗中显得有些模糊，魏星驾车回家。这是他十几年的上下班时间，一天的工作时长超过14个小时。回家之后，魏星还常常会坐在床上翻阅专业书籍，仔细做笔记，画重点，画图纸。魏星没有系统地学习过相关知识，他通过自学，一点点弥补自己的知识缺陷。

从23岁到37岁，他每一天的生活相似得如同复制。研究技术，做成样品，安装到汽车上使用，测试失败，分析问题，想办法解决问题，再尝试，再失败，再解决，再尝试……如此循环往复，但他却从不感到厌倦，对汽车的热爱和对安全性的执着，伴随着他度过了这十几年的时光。

研发需要大量的资金投入，魏星把自己多年的积蓄和汽修厂的利润全部投入到项目中。随着研发的深入，投入的资金也越来越多，魏星不得不通过变卖房产、银行贷款等途径来筹措资金，甚至向亲朋好友筹借。一直以来，魏星的亲戚和朋友们并不支持他的研发，他们认为，明明有房有车，不愁吃穿，却放着好日子不过，苦兮兮地拿出一大笔钱去研发刹车系统，而且多年过去了，连个像样的成果也没有，这不是败家是什么？面对这些质疑，魏星也曾试着向亲戚朋友们解释，但没人愿意听。时间久了，魏星也就不把他们的话放在心上了。“我是专业的，要把知识转化为成果是需要过程的。他们不懂，所以他们看不到未来。我对自己有信心，要干就干成。”

在魏星看来，研发不仅仅是一项工作，更是他人生中一份重要的事业，他愿意为之付出，为之拼搏。他的脑海中总是充斥着研发过程中出现的各种问题，每天都在思考如何解决问题。魏星享受研发的过程，他这样描述自己从中获得的乐趣：“就像你做一个茶杯，从最初的拉坯开始，一点点做出茶杯的形状，然后在泥坯上雕花，这个过程是很开心的。如果一下子就出来一个茶杯，那就没意思了。你的整个心血都在里面，看着它慢慢地成长，就像看着自己的孩子慢慢长大一样。”

技术让生活更美好

随着新发展理念的提出，低碳环保日益成为全社会的共识，汽车行业顺应时代潮流，推行轻量化发展。汽车的各个部件都完成了减重，唯独刹车系统的重量居高不下。魏星研发出来的新型材料——轻合金陶瓷很好地解决了这个难题。

起初，为了解决耐磨的问题，魏星选择陶瓷作为他的研究材料之一，他开始尝试将陶瓷与其他材料融合，制造制动盘。尝试了数百种材料之后，研发成功的只有两种，分别是热喷涂陶瓷和陶瓷碳纤维。但是由于碳纤维成本太高，而热喷涂在生产过程中会对环境造成恶劣的影响，魏星果断放弃了这两种材料。在 2011 年前后，魏星发现铝镁合金的导热性能非常好，散热快而且很轻，而陶瓷则拥有着和钻石同一级别的硬度，如果将这两种材料融合起来的话，可以很好地解决刹车系统过重这一难题。于是，魏星带领他的团队开始夜以继日地研究融合陶瓷和铝镁合金的方法。功夫不负有心人，2014 年，魏星团队最终找到了融合的方法：让铝镁合金的表层“长”出一层陶瓷膜。用这种材料制作出来的刹车系统，可以同时满足轻量、耐磨、耐腐蚀和耐高温等要求。

2016 年，魏星开始着手进行成果转化。他兴建厂房，投资生产轻合金陶瓷。起初，这种新材料只被应用于汽车刹车系统，但这种新材料自问世以来便获得了无数专家学者的青睐，通过进一步研究证实，轻合金陶瓷轻量、耐腐蚀、耐高温的特性可以在更多的领域派上大用场。譬如，在航空领域，使用轻合金陶瓷制造飞机叶片，可以减轻重量，降低飞机被雷击的概率；在高铁领域，使用轻合金陶瓷可以使每列车减重 15 吨，这样不仅可以提升运行速度，还可以减少能源消耗。

魏星虽然没有料到他们研发出来的新材料可以应用到如此广泛的领域，但这意味着他的科研成果还有深度研发的空间，同时也意味着市场对轻合金陶瓷新型材料有很大的需求。2017 年，魏星注册成立山西聚星辰制动科技有限公司，引进了六大领域的专家，涵盖机械、汽车、化学、化工和机电一体化等方面，对轻合金陶瓷新型材料进行深度研发，希望为社会做出更大贡献。

从技术研发的领导者到几家企业的管理者，魏星坦言自己身上的社会责任感更重了。但是作为一名民营企业家，魏星觉得自己对这个社会最大的贡献就是把产品做好。轻合金陶瓷制动盘研发出来之后，一些比亚迪电动车的司机找到魏星，换上了魏星研制的刹车系统。他们发现更换后的刹车系统在功能上有了很大的提升，原来刹车站不住的情况有了明显的改善，事故的发生率降低了。魏星表示，公司的下一个计划是要给太原市内所有的比亚迪出租车更换刹车系统，出租车使用电动能源固然环保节能，但电池太重，惯性大，刹车就会变得不灵敏。出租车是营运车辆，刹车系统性能的好坏直接关系到广大民众的生命和财产安全，他们正在跟政府协调，争取让出租车司机花最少的钱，换上新的刹车系统。

去年 10 月，魏星被评为太原市的“时代新人”。魏星表示，自己从此更要以身作则，成为年轻人的榜样。2019 年 1 月 9 日，魏星的公司要和山西煤炭机械学院签定协议，双方即将联合开发煤机设备，将新材料运用到煤炭设备中来。等将来公司的地批下来之后，魏星计划在公司内部盖一座研发楼，聚集一批国内顶尖的专家学者，同时特别欢迎在校学生过来实习。他希望可以帮助更多的年轻人获取经验，增长才干，加入到新型材料研发这一潜力巨大的产业中。

在轻合金陶瓷刚刚研发出来的时候，有家德国公司想购买魏星的专利技术，出价五千万欧元，被魏星断然拒绝了。魏星和父亲都觉得这项技术不能卖，这项技术不是从天下掉下来的，也不是从路边捡来的，是他们经过十几年如一日的辛勤研究才获取的。父子俩对这项技术倾注了大量心血，把它视为自己的孩子，怎么能拿来换钱呢？特别是近几年来，随着轻合金陶瓷新材料的应用领域越来越广，他们的企业所承担的社会责任也越来越大，他们希望将这项技术发扬光大，更好地为社会大众造福。魏星饱含深情地说：“如果哪天国家需要，我将把它捐献给国家。”

撰稿人：吴妍妍、钟浩、袁潇坤　指导教师：李攀

时代新人——吴艾祥

“绿色菜农”吴艾祥

吴艾祥，男，1967 年生，山西左权县人，是国家专利“厌氧微生物菌制剂”的获得者。这项专利不需播撒农药和化肥就能杀死虫害、滋养土壤，从而种出有机绿色的蔬菜。

1990 年，吴艾祥参加高考，并以“村状元”的身份考入临汾农林专科学校，毕业后成为左权林业局的一名公务员。1998 年，一次参加省城果品展览会的经历，改变了他之后的人生轨迹。2001 年，为了实现种出有机蔬菜的梦想，吴艾祥放弃了“铁饭碗”，以农林技术员的身份来到太原晋源五府营村搞有机农业种植。1 排温室，2 间平房，3 口人，一住就是 18 年。

他先后尝试了多种办法，白面与水调和厌氧发酵、糖及多糖厌氧发酵等，在一次又一次的试验、一次又一次的失败之后，他们研制的成果对防治害虫的效果越来越好。2018 年，太原市食品安全检测中心对其菜棚的蔬菜进行检测，合格率为 100%，并给吴艾祥颁发了合格证书。2019 年 3 月，吴艾祥的科研成果“厌氧微生物菌制剂”获得了国家专利证书。

时至今日，吴艾祥还是把主要积蓄用于技术研究。他依然住在简陋的平房里，房间中是发黄的地板，老式的彩电和陈旧的木柜。日子虽然简单清贫，但是逐梦的脚步从没停歇。在时代新人座谈会上，他直抒胸臆：“我们都说中国梦，我的中国梦就是让全国甚至全世界的人都能吃上不打农药的蔬菜。”

立志做蔬菜界的“袁隆平”

——治虫专家的苦乐年华

在电影《芳华》中，陈灿给了萧穗子两个红透绵软的西红柿，萧穗子一脸甜蜜地吃西红柿的镜头令人印象深刻，一时圈粉无数。网上也掀起了一股西红柿怀旧风，网友们纷纷感叹，越长大越怀念“小时候的味道”。如今，从外面买回来的西红柿看起来红艳艳的，可是却没有小时候酸甜可口的味道了。这是因为蔬菜在种培过程中为了对抗病虫害，人们不得不用各种各样的农药和化肥来防治害虫，从而影响了蔬菜原有的口感和风味。

怎样应对农药和化肥带来的食品安全问题呢？这也是太原市晋源区五府营村的菜农吴艾祥一直关注的问题。他 18 年苦心研究，其科研成果“厌氧微生物菌制剂”可以防治害虫，又能作为有机肥料，从而替代“农药+化肥”，这为我国“有机农业”的发展带来了开创性和实质性的突破。这一成果来之不易，吴艾祥只是一位普普通通的专科生，却守了18年田间地头，破解了这个令全世界科学家都束手无策的农业难题。

“与虫为伴”18年

第一次踏入吴艾祥的三亩蔬菜大棚，映入眼帘的是绿油油的蔬菜，不远处吴艾祥正在往大白菜上喷洒自己研制的厌氧微生物菌制剂。见我们一行人进到大棚，他在白菜地里不紧不慢地干完手头的农活，顺手摘了几颗新鲜又个大的西红柿，朝我们款款走来。他个子不高，穿着平时干农活的衣裳，但是精气神很足，一双布满老茧的手交叉在一起，脸上的皮肤像一块粗布似的，笑起来时，眼睛眯成一条缝，看起来很憨厚。他的第一句话令笔者印象深刻，他说：“我们这里是繁华世界中的原始部落，欢迎你们的到来。”

是啊，用“原始部落”来形容他的世界再恰当不过，他把自己看成是原始人。18年，6000多个日日夜夜，他带着妻子一头扎进菜园，两耳不闻园外事，以地为床，以天为被，与虫子交朋友，与厌氧菌打交道，只为老百姓能早日吃上无公害的有机蔬菜。

吴艾祥18年坚持与虫子打交道，在周围人看来也是很傻的事情。一个菜农不好好种地，没日没夜地研究如何不用农药就杀死害虫，梦想着有一天能种出真正的有机蔬菜，确实有点奇怪。质疑声从来没有停歇过，但是吴艾祥坚信自己。他相信防治害虫一定有更绿色无害的方法，坚信付出总有一天会成功。

吴艾祥的研究从如何防治大白菜上的蚜虫开始。他惊奇地发现，白面和水调制的厌氧菌制剂可以杀死大白菜上的蚜虫，初步的成功鼓舞了吴艾祥。2008 年，吴艾祥改用糖及多糖来培养厌氧菌，制成的菌制剂可以用喷雾器喷洒在蔬菜上，有利于大面积防治虫害。

为了更好地了解不同虫子的特点和生活习性，吴艾祥甚至在半夜钻进温室观察虫子。在与虫子的朝夕相处中，吴艾祥不把虫子看成是“敌人”，而是把它们当成“朋友”。他甚至用拟人化的口吻称呼虫子，将虫子分成酒鬼、懒虫、强盗、土匪、劳模等。例如，他认为蝼蛄是“土匪”，因为其危害蔬菜的方法是咬断蔬菜上的根茎，不吃多少，而是破坏。通过一次次观察，吴艾祥发现蝼蛄在晚上 7 点至 9 点之间活动，于是，他晚上就索性睡在大棚里。他在蔬菜地里依次打起土垄，然后在水桶里培养好用来杀虫子的生物菌制剂，在蝼蛄活动期间，就打上手电，一桶一桶地将杀虫制剂浇灌在土壤里，很快，出来的蝼蛄一露头就死了。

吴艾祥家的大棚里种着各式各样的蔬菜，这些年他从来不使用农药和化肥，就用自己发明的“土方子”防治虫害，用 100 多米的深井水浇地，再苦再难也坚持这样做。谁也不曾想到，吴艾祥这样一干就是 18 年。

放弃“铁饭碗”当农民

1967 年，吴艾祥出生在太行山区距左权县城 60 多公里的芹泉镇东山村。吴艾祥的父母是土生土长的农民。他从小在农村长大，田地就是他儿时的游乐园，黄瓜、西红柿、生菜都带有泥土的味道，那时候的蔬菜都是纯天然的，根本没有农药和化肥的痕迹。

高考结束，他以“村状元”的身份考入山西省临汾农业专科学校，这对整个家族来说是光耀门楣的大事。毕业后，吴艾祥被分配到左权县农业技术推广中心工作，成了一名体制内的公职技术人员，从此过上了安安稳稳的日子。但是，没人能料到吴艾祥会毅然决然地放弃一切，不顾家人和朋友的反对，执拗地去省城太原做一名普普通通的农民。

2001 年，吴艾祥在朋友的推荐下，来到太原市晋源区五府营村，当时晋源区正响应党的改革开放政策号召建设“菜篮子”工程，于是吴艾祥便以农业技术员的身份在五府营村租了三亩菜地、两间小平房，进行有机蔬菜的种植技术研究。时值夏日，一天中午，吴艾祥发现附近村民为消灭蔬菜上的虫子，在烈日下喷洒农药。农药散发出的气味令人头晕、恶心、胸闷。面对这样的情况，农户们习以为常却又感到无可奈何，吴艾祥想：“人仅闻到农药的气味就这样难受，那么把农药吃进肚子里，将会给健康造成多大的危害呢？为什么不能种植不用农药和化肥的蔬菜呢？这将会是一件造福百姓的好事！”

萌生了这个想法后，吴艾祥便开始去山东、河北、河南等地实地考察农业市场，希望可以借鉴经验，但当时所谓的有机蔬菜，都有些言过其实，并没有什么可以借鉴的地方。于是，吴艾祥决定自己研发，就在一筹莫展之际，他想起读书时专业课老师讲到过厌氧菌能杀死害虫。但是翻阅资料后，他发现没有一个人真正去证实这个效果，那一刻他决心去做“第一人”。周围的人都劝他：“没有人敢去尝试的事情，你去做，这不是浪费时间和精力吗？结果注定是失败的，不如回去当你的公务员。”但是，吴艾祥是那样执着，他遵从自己的想法坚定地走下去。

经过 5 年的研究，吴艾祥利用厌氧菌制剂防御害虫的技术取得了阶段性成果。就在那时，左权县人事局通知他尽快回去上班，不然就开除他。回还是不回？这个问题让吴艾祥犯难。回去可以每月领到财政上发的工资，过着衣食无忧的生活，但他的项目就得搁浅。若不回去，继续搞自己的研究，将面临没房子、没工作、没社保、没平台的状况。当天晚上，他一个人呆呆地坐在院子里，望着满天的星星沉思，内心充满矛盾和纠结，思来想去，他最终决定，继续自己的研究。他相信坚持梦想，忠于内心，一切困难都能克服。天蒙蒙亮时，他对妻子说：“不回去了，人活着做一件有意义的事情比过得舒服更重要！”

就这样，他主动放弃了“铁饭碗”。没有固定的工资收入后，一家人的日子过得很艰苦。为了生存，吴艾祥种过蘑菇、卖过菜、打过工……由于收入少，他们买不起好的煤炭取暖，冬天家里四壁结冰，那些冰在灯光的照射下闪闪发光，他们好像住在冰窑里一样。女儿的脸被冻得紫红紫红的，甚至被冻伤了。为了补贴家用，有一次，经朋友介绍，他和妻子去河北拉树苗卖。天刚蒙蒙亮，两个人便出发了，连续跑了五六百里路，晚上 12 点多，他们才回到家。虽然辛苦，但这一趟能赚几千块钱，家里几个月的生活费有着落了，他们觉得值得。有时干活实在累得不行，他们又困又饿，没力气做饭，就只好喝清水、啃馒头。但是，无论生活怎样艰苦，吴艾祥都没有停止追梦的脚步。他没日没夜地观察、研究，查阅资料、调配制剂，为梦想而努力着。

攻克世界难题后的“新梦想”

2014 年，吴艾祥的技术取得突破性进展，他用糖及多糖培养的厌氧菌制剂进行了防治黄瓜根结线虫的试验，结果显示，成功了！防治根结线虫是世界性难题，世界各国防治根结线虫都用农药“阿维克线丹”，但效果并不理想。而在我国，根结线虫每年造成的损失竟然超过 200 亿元！

经过实验室检测和数据分析表明，用这种菌制剂防治根结线虫比用“阿维克线丹”效果好。更可贵的是，如果加上秸秆制成固体制剂，这种菌制剂不仅可以杀死几乎所有的地下害虫，还可当作基肥使用，能疏松土壤，防止土壤板结。

吴艾祥的厌氧菌制剂经过不断改进，此刻取得了实质性的胜利。“十几年前，当我决定做用厌氧菌防治害虫的研究时，在别人眼中我也许有点狂，但这份‘狂’却使我再苦再难都熬了过来。”吴艾祥说：“成功不仅仅属于我个人，这些年来，我得到过很多人的帮助，特别是山西大学的石亚伟教授。”

在吴艾祥的大棚里，没有实验设备，无法进行更科学的研究分析。幸运的是，在2014年年初，吴艾祥结识了山西大学生命科学院博士生导师石亚伟教授。吴艾祥当面给石教授做了厌氧菌制剂杀死黑蜘蛛的实验，黑蜘蛛的八条腿瞬间就伸直了。石亚伟教授被吴艾祥的技术所吸引，在之后的交往中，他又被吴艾祥十几年来坚持研究的精神所打动。从此以后，吴艾祥得到了石教授不计回报的帮助，有些实验仪器设备实验室没有，石教授就自己掏钱买。

2014年9月，吴艾祥注册成立了晋品源味农业有限公司。有很多人问他，成立这家公司的目的是什么？他说：“晋品源味就是晋级其品，溯源其味；做晋源品位产品，品味晋源悠久的历史文化。”“袁隆平的水稻杂交技术解决了中国人民的吃饭问题，而我的‘晋品源味’就是要提高中国人民的生活品质！”无论是十几年前还是现在，吴艾祥的话语都有点“狂”，但不同于往昔的是，现在，不会再有人觉得这是狂人狂语了，因为他真的做到了！

带着这份研究成果，2016年1月，吴艾祥申请了国家专利，国家专利公报登载公布了他的研究成果，对之进行实质审查。2018年3月，太原市食品安全检测中心来吴艾祥的大棚取菜样，检测结果显示，合格率为100%，并颁给吴艾祥合格证书。2019年3月，吴艾祥拿到了翘首期盼的国家发明专利证书，这是对他最好的回赠。吴艾祥拿着这张来之不易的证书，遥想18年前带着妻子、女儿来到太原的情景，欣慰地笑了。他始终没有忘记初心。

与此同时，吴艾祥的用厌氧菌制剂防治虫害的技术已经开始造福身边的菜农了。当菜农看到实质性的效果时，都欣喜不已，这一技术渐渐被周边的农民朋友们接受了。晋源区南张村的菜农们每年被韭菜上的韭蛆所困扰，从 2018 年起，南张村的菜农用吴艾祥研发的菌制剂防治韭蛆，此后，他们的韭菜长势良好，产量大幅提高，人们再也不用担心韭菜上农药残留的问题了。

谁说菜农只会种菜

吴艾祥一家三口就住在大棚旁边两间简陋的小平房里，屋子里的摆设极其简单，没有一件新式家具，仅有的几样家具也至少用过十几年了。一般人家早已淘汰的老式电视机，就算是最奢侈的电器了。屋子里没有取暖设备，也没有大棚里面暖和，一家人就是在这样的环境里度过一个又一个寒冷的冬天。那么，一定有很多人想问，是什么支撑着他在艰苦的环境下十几年如一日地默默做科研？

要回答这个问题，时间得拉回到吴艾祥的童年时代。吴艾祥小时候经常听村子里的人讲刘秉忠和郭守敬的故事。刘秉忠是元代初期著名的政治家，17 岁成为邢台节度使府令史，但他不愿沦为书记小吏，立志为国家做出更大的贡献。郭守敬是刘秉忠的学生，他最著名的事例是成功地修复了黄河灌渠工程。据说，郭守敬在修复黄河时，在吴艾祥家乡的村子里住过一段时间，并且在这里，郭守敬还修筑了天文台，以便用来观察天象。村里至今还保留着七百年前郭守敬观察天文时的旧址。

这两位名人的故事深深地影响了幼年的吴艾祥，他开始思考：一个人活一辈子，一天三顿饭和一张床很好解决，但最重要的是人不要白活，一定要做点有意义的事情。吴艾祥读初中时，头悬梁、锥刺股的事情真切地发生在他的身上，中考时他以全校第一名的好成绩考入县里最好的高中。大学毕业后，学农出身的他不甘心一辈子当一个普普通通的公职人员，在这一点上，他和自己的偶像刘秉忠很相似。他毅然决然地“辞官”，搞起了农业技术研究。

谁说菜农就只会种菜！吴艾祥这位菜农可不一般，种菜也能种出成绩来。在干农活、做试验、查资料之余，他喜欢易经、书法、下棋，偶尔还会创作几首诗词。他最喜欢的两位诗人是杜甫和毛泽东。生活虽苦，他却常常苦中作乐。在参加农展会的归途中，他即兴创作了古体词《浪淘沙·参展》：“往昔情何堪？蒙天种田。饥寒窘迫随风去，功名利禄埋深渊，天阔地宽。”种菜虽累、虽忙，他却觉得是乐事——《江城子·温室种菜》是他在田间地头辛苦劳作的真实写照：“仲春二月种菜忙，裸上身，裹棉裳。汗珠砸地，秧苗匆匆长。繁华落尽是真醇，吃也香，睡也香。 年逾半百仍自狂，鬓未霜，神清爽。技术特长，须文字激昂。专利公报刊登后，东北望，传四方。”瞧，他的屋子的墙上挂满了裱好的书法作品。他说：“这些诗句都来源于我种地的生活，虽然艰苦，但我也收获了很多。”他还反复强调：“人千万不能白活一辈子。”

2019 年 8 月，省城太原迎来了第二届全国青年运动会的召开，吴艾祥主动提出愿意为“二青会”免费供应蔬菜。他说：“作为太原的时代新人，要有时代新人的样子，不仅要喊口号，更要落在实处，我愿意为食品安全贡献自己的力量。”谈到之后的人生规划，吴艾祥并不满足目前取得的成绩。他在几年前就开始关注秸秆焚烧造成的环境污染问题，说今后打算致力于秸秆还田的研究工作，为治理环境奉献自己的力量。

“有事需要我去做，是我的幸福；有事非要我去做，是我最大的幸福！”吴艾祥说。作为新时代的菜农，以前种菜为好卖，如今种菜讲情怀。心中装着人民的健康，才能种出绿色的蔬菜。“傻”也好，“拗”也好，“狂”也好，有才也好，吴艾祥这位有点儿怪的菜农，愿意继续燃烧自己，为有机农业和绿色发展贡献自己的力量。18 年，他用自己的心血和汗水搭建起属于自己的绿色王国，但是追求绿色梦想的脚步不会停歇，他会一直前行，哪怕前方没有路，他也敢于开创一片新天地。吴艾祥的这首诗真切地体现了他的豪情壮志，与大家共勉之。

大雪落晋源，
鹅毛弥漫。
莽莽原野浑浊圈，
无须盘古重开天，
道法自然。

往昔繁华园，

乌烟滚翻。

沙尘雾霾垃圾山，

天公洗礼无遗片，

换了人间。

撰稿人：孙茹茹、高艺璇　指导教师：祁瑞萍

时代新人——阴旭飞

“无悔追梦人”阴旭飞

阴旭飞，男，1991年5月出生，古交市嘉乐泉乡安庄村人。现任山西省古交市镇城底镇政府办公室副主任。

2012年7月，阴旭飞从运城职业技术学院毕业。之后，他选择参军，在黑龙江省双鸭山市支队当了两年志愿兵。2013年8月，三江平原汛期告急，阴旭飞报名参加抗洪抢险。

2014年12月退伍后，他在亲戚的帮助下，成为太原一家便利店的营业员。2016年3月，阴旭飞进入古交市保安公司，被分配到古交市人民政府站岗执勤。在这段时间里，阴旭飞边工作边学习，备考公务员。

2017年9月，阴旭飞被正式录用为古交市镇城底镇公务员。10月，他凭借自己出色的表现成为统计站站长。2018年4月，阴旭飞任古交市镇城底镇政府办公室副主任。6月，阴旭飞荣登太原市“六月时代新人榜”。

问道于人间，初心不相忘。他拒绝平庸，自如地在不同的角色间转换。无论是作为志愿兵艰苦训练，还是作为战士紧急抗洪抢险；无论是作为平凡的保安在岗点执勤，还是作为基层干部服务群众，他都尽力扮演好每一个角色，做好每一份工作。

青春是一笔贷款

——用奋斗书写平凡而不普通的故事

他曾是军人，是营业员，是保安。如今的他，又是千万基层干部中的一员。不论社会角色如何改变，他都用不懈的奋斗踏踏实实地书写着自己平凡而不普通的故事，他就是阴旭飞。

一朝着戎装，一生终无悔。在人生这条漫漫长路上，他一路披荆斩棘，找寻着属于自己的未来，坚守着属于自己的初心。

带着梦想走进军营

2012 年 7 月，21 岁的阴旭飞从运城职业技术学院毕业。与班里的其他同学不同，他没有选择考研，也没有进入职场，而是在那个炎炎夏日，带着一丝少年意气，伴着儿时的梦想，走向了那条通往兵营的路。

还记得那个平静的清晨，微风袭来，几缕阳光透过窗户，洒在阴旭飞还带着稚气的脸庞上。对他来说，这个看似平常的早晨不再寻常，因为在这一天，他终于收到了自己通过入伍审核的好消息。

军队对军人的体能要求很高，对于阴旭飞而言，如何完成进入部队后的体能过渡是一个无法回避的问题。对此，阴旭飞很乐观："我觉得自己是从农村出来的，干过农活，而且从小到大爱踢足球，体力应该能够跟得上。"不过，他的这种乐观很快就被现实击得粉碎。

入伍后，阴旭飞被分配到黑龙江省双鸭山市支队。高强度的军事训练让他真正感受到前所未有的疲惫感。队列、擒敌、战术、体能……各式各样的训练科目每天都要反复不停地进行。由于担心可能会出现突发换岗的情况，他连睡觉时也不敢让自己放松，时刻紧绷着神经。直到现在，阴旭飞的这个习惯也没有改变，他每天的睡眠都很浅，一有点响动就会立刻醒来。

当他还是新兵时，由于家乡在遥远的地方，又加上每天高强度的军事训练，阴旭飞很想家，甚至产生过申请回家的念头。不过，当站在十字路口的时候，他遵循初心给出了答案："我很庆幸，那时我做出了一个没有让自己后悔的选择，那就是留下。"

任何一个选择都是在无数次的反复纠结后产生的。当被问及为何会选择留下时，阴旭飞坚定地回答："在一方水土，保一方平安。那时我告诉自己，既来之则安之。来了，我就要好好地待下去，毕竟这是自己选择的路，跪着也要走完。当然，这也离不开战友的帮助和指点。"

谈到战友，阴旭飞回忆起了那些大家一起奋斗的日子。战术训练中，在雪地里摸爬滚打；实弹射击训练中，一动不动地趴在冰上；在腊月最寒冷的时候，步行 40 多公里……“在这些很累很苦的日子里，我们互相鼓励，互相扶持，我永生难忘那段时光。”说到这里，阴旭飞的眼角泛起了点点泪光。

不过，军队带给阴旭飞的历练还远远不止这些。冬天的黑龙江，滴水成冰，让初入兵营的他体会到了成为一名合格军人的艰难。刚入伍时，他们还未领到新的冬装，只能穿着单薄的衣服在零下二十几度的室外训练。高强度的训练使衣服被汗水浸透，冰天雪地里摔得浑身疼痛……但这对他们来说就是常事。谈及这段经历，阴旭飞说：“这是参军后我上的第一堂课。无论你面对怎样的环境，你都要学会克服困难。只有这样才能不断成长。”

2013 年，东北遇到了 1998 年以来最大的一次洪灾。洪水漫过许多农田，三江平原灾情紧急。对刚下连不久的阴旭飞来说，真正的考验来临了。他火速报名参加抗洪抢险任务，连夜随军抵达抗洪现场。

泛滥的洪水阻挡不住军人们前进的步伐。他们扛着沙袋前行，哪怕手掌被沙袋磨起了水泡，他们也不曾喊一句苦一句累，更不曾想过后退。在灾难面前，他们义无反顾，他们拼尽全力地去保护身后数万人民的生命和财产安全。

当时，参与抢险的其他部队都在赶来的路上，所以在洪水泛滥的第一个星期，阴旭飞所在部队的战士们只能连轴转。那个星期，战士们都很疲惫，有时刚上了岸，就靠在湿漉漉的沙袋上睡着了。这样的抗洪抢险持续了近一个月。终于，在全体官兵和当地居民团结一致的不懈努力下，他们取得了抗洪抢险的胜利。这段抗洪经历让阴旭飞感受到了从未有过的苦累，也让他感受到了从未体验过的骄傲和荣耀。抗洪结束后，从洪灾中被救出的老百姓，含着泪为广大官兵送行，那一幕带来的触动让他至今都记忆犹新。

两年的军旅生涯让阴旭飞得到了许多历练。他养成了吃苦耐劳和永不服输的品格，也意识到，要成为一名合格的军人，不仅应具备钢铁般的意志，更应有不到最后一刻决不放弃、遇到困难决不低头的无畏精神。

保安让他的人生改变

“很多时候我们能否跨越障碍、实现梦想，并不取决于我们的能力，而取决于我们的心态。每一个发奋努力的人，必会得到加倍的赏赐。”

2014 年 12 月，阴旭飞退伍了。退伍后的他对未来的生活有一个初步的规划，那就是找一份能坐在办公室里的稳定工作。但是，在这个连本科毕业生找工作都不容易的年代，阴旭飞一没有大学文凭，二没有工作经验，想找到一份那样的工作，难度之大可想而知。

在多次找自己想要的工作未果后，阴旭飞接受了现实，决定先找份可以养活自己的差事，再慢慢计划未来。在亲戚的帮助下，阴旭飞成了太原一家便利店的营业员。在那个便利店里，每天往来着形形色色的人，其中就有他梦想成为的办公室白领。而他却只能在喧嚣中观望，守着自己那个看起来遥不可及而难以实现的梦想。梦想一点一点地暗淡成流逝在时光里的最平淡的灰。

他不甘，曾经鲜衣怒马，曾经少年意气，怎会如此？他不愿如此，不愿就那样没有远方地活着。在无数个难眠的夜晚，阴旭飞站在被当作宿舍的狭小仓库里，不停地问着自己："难道要一直过着这样的生活吗？"他辗转反侧，知道自己不能安于现状。他想放下一切，带着梦想，走向远方。但他却怎么也找不到一个可以奋斗的方向。

2016 年 3 月，一次偶然的机会让阴旭飞进入古交市保安公司，成了一名保安。他被分配到古交市人民政府站岗执勤。他可能从来没有想到，这次当保安的经历竟成了他人生中一个重要的转折点。

在站岗执勤的过程中，他经历了形形色色的事情，也遇到了各种各样的人。他看着一张张表情迥异的脸，迎来的目光有同情，有爱怜，有不屑，甚至有鄙夷。不过对于这些，阴旭飞早就学会了平静接受："保安这个职业，让我知道一个人不是为了别人的评价而活，而是为了自己而活，要活出自己的精彩。要学会如何感恩，如何包容。人嘛，乐观点儿总是好的，何必老纠结于一些小事。"

"从事保安这个职业，让我明白了，无论你在什么岗位上，只要好好学习，认真工作，你就能够有所收获。"阴旭飞认真地总结着自己从当保安的经历中悟出的道理。

阴旭飞所住的宿舍，除了他之外，全都在备考公务员。当了解到阴旭飞曾经接受过不错的教育而且是一名退伍军人后，舍友的一句话点燃了他深藏在心中的梦想："你为什么不去试试考公务员呢？"这是梦想发芽的声音，他在这里找到了破土而出的方向。之前他拼尽全力为自己的成长积蓄力量，现在终于无畏地走上了这条道路。

要做老百姓心中的好干部

保安的工作看似简单，其实却并不轻松，每天都会有十分繁重的任务，时间也无法自由支配。他每天需要管理进进出出的车辆，维护政府大院的正常秩序。下班后，他还要在宿舍里备勤，不经请假不能擅离宿舍。他还要协调好学习和工作的关系。为了实现梦想，他必须付出比其他人更多的努力。

"付出不一定有收获，但不付出肯定没有收获，这是我的座右铭。我相信，要改变生活的现状，必须从改变自己开始。"阴旭飞那股不怕输的闯劲和不服输的拼劲上来了；"我要用自己在部队学到的那股坚韧，不怕输，也不怕苦，为自己的理想插上腾飞的翅膀，努力总不会错。"

时隔 4 年，阴旭飞从书店、网店购买了各种考试书籍，重新拿起了书本。他在平凡而忙碌的工作之余合理地安排自己的学习时间。一下班，阴旭飞就把自己关起来，如饥似渴地学习。凭着在部队培养出的坚强意志，在有限的学习时间里，阴旭飞为自己制订了每天的学习任务。即使再苦再累，哪怕牺牲睡眠时间，他也要求自己必须在当天完成计划。

“说实在话，考公务员的困难对我来说不亚于在军队训练时遇到的困难，一切几乎都是从头再来。但我不能退缩，因为我清楚，只有不断地学习和前进，才能为自己争取一个机会，赢得理想的前途。”重新谈及那段时光，阴旭飞动情地说。然而，第一次考试的失败让他开始怀疑自己的选择。“知道成绩的那一刻，我正往嘴里扒拉着饭，突然就感觉饱了。我在一个普通的农民家庭出生，家里有三个兄弟，这样的压力可想而知。”但家人和朋友的支持让他放下了负担。

在那段时间里，阴旭飞参加了省、市组织的各类大大小小的考试。遗憾的是，他都没能取得理想的成绩。但这些考试，也让他历练出了乐观向上的人生态度和百折不挠、愈挫愈勇的品格。他坚信，成功总是留给有准备的人。

终于，功夫不负有心人，2017 年 9 月，阴旭飞顺利地通过了公务员考试的笔试、面试等环节，一路过关斩将，考取了古交市镇城底镇公务员，成了一名基层干部。此后，他一直以饱满的热情、积极的心态，认真完成自己的各项工作。

“每个人都有梦想，但不是每个人都能实现梦想。现在很多人都会说‘理想很丰满，现实很骨感’。也有人说，梦想是遥不可及的，和现实相距太远。但我觉得，只要自己有坚持梦想的决心，有足够的意志力和执行力，不虚度光阴，不找借口，理想并不是那么遥不可及的。”对他来说，梦想是一笔难能可贵的财富，能实现梦想更是上天对自己的优待，但他更明白抓紧时间努力拼搏的意义：“特别是对年轻人而言，光阴不可虚度，因为青春是一笔贷款，如果他不能很好地利用，必将面临人生的破产。”

在其位谋其政，任其职尽其责。阴旭飞现为古交市镇城底镇政府统计站兼办公室副主任，对于现今的工作职责，他笑着说：“实际上我就是块砖，哪里需要往哪里搬。”对他而言，做基层工作，需要学习的东西很多，需要做的事情也很多。为了解决老百姓的各类矛盾和问题，把党的各项工作落在实处，他为自己制订了一套“勤下村，多认人，多沟通，办实事”的工作方法。

勤劳务实与主动担当的阴旭飞是当地老百姓心中的好干部。“小伙子很能干，而且人很诚实。”周围的村民谈到阴旭飞时都赞不绝口。“之前我没有对象的时候，许多村民来找我办事时，都说要给我介绍对象。”谈到这里，阴旭飞既羞涩又满怀感激。为老百姓干实事，为老百姓干好事，是阴旭飞当上基层公务人员后新的人生追求。对他来说，这一切任重而道远。

阴旭飞还将在部队里养成的节俭习惯带到了生活中，他几乎每天都坐公交车上班。他说：“其实这样不仅省钱环保，而且也能离老百姓更近。有时在车上，听听村民们的聊天，反而能够更加清楚自己应该怎样为村民们办实事，办好事。”

“人生很短，要想在有限的时间里，做出更多有意义的事情，那我就必须更加努力，成为更好的自己。”考上公务员后，阴旭飞并没有停止学习。他听到山西省2018年成人自考报名开始的消息后，就报名参加了考试。“我其实很后悔，当初为什么不更加努力，考上更好的大学。所以现在机会好不容易来了，不管有多难，我都想去拼一把。”在他的办公桌旁边，摆放了许多自考资料，平时工作一结束，他就会拿出资料认真学习。

从辛苦训练的新兵，到抗洪抢险的无畏战士；从不安于现状的营业员，到认真执勤的保安，再到勤劳务实的基层干部，阴旭飞一步一个脚印，在不同的角色转换中坚守自我。

聚新之魂，以力行之。对阴旭飞来说，成功就是敢于突破自己，敢于去挑战。他把自己的理想融入为人民服务的日常工作当中，坚持不懈，创造了独属于自己的人生。

撰稿人：陈倩、刘昕玥、翟兴楠　指导教师：韩晓芳

时代新人——张翠鱼

“形象大使”张翠鱼

张翠鱼，女，39 岁，太原公共交通控股集团有限公司第四汽车分公司员工，全国“巾帼文明岗”849 女子线路驾驶员，曾获“山西省五一标兵”“山西省五一劳动奖章”“太原市十城双创优胜个人”等荣誉称号。

在张翠鱼的童年时代，家里还算富足，可在她 16 岁那年，家中突发变故，父母相继患上脑中风，压力一下子压在了张翠鱼的身上，她毅然决然辍学回家侍奉父母。张翠鱼摆过地摊，卖过玉米，吃了很多苦，但乐观爽朗的她从不服输。她渴望有一份自食其力的工作，此时正值公交公司来村里招聘司机，张翠鱼便拼尽全力去练车，每一天都不懈怠，最终被公交公司录取。

张翠鱼从事驾驶工作已有八个年头，她有一套完整的“车厢服务”流程。车门打开，乘客们会看到张翠鱼的笑脸。张翠鱼喜欢看书，正是这种好学的精神，让她琢磨出一套将等红灯和堵车时间利用起来的“话术”。每到一站，她都会用不同的方式来介绍附近景点和乘车路线。张翠鱼的声音丝毫不逊色于饱含深情、温柔动听而又打动人心的专业主播的声音，她也因此被人们亲切地称为太原公交车的“形象大使”。张翠鱼工作起来耐心细致，她发现司机身后的台阶也可以当一个空座给需要的乘客，便亲手缝制了 20 多个垫子，给每辆公交车都配置了一个。暖心的举动赢得了乘客的一致称赞。

张翠鱼坚毅而执着，一次又一次诠释着“行车有终点，服务无止境”的内涵，成为这座城市的“移动名片”。

她是城市文明的传播者

——849 路公交车上的女司机

除夕守岁，万家灯火，这是一年当中最隆重的日子之一。家家户户都贴上了新春的对联，电视机里传出喜气洋洋的音乐声。夜幕快要降临了，正是阖家团圆的时刻，一位父亲将刚煮好的热气腾腾的饺子装进保温饭盒，牵着刚换上新衣的儿子，急匆匆地赶往公交车站——他们这是要去哪儿呢?

父子俩在 849 路公交车站牌下焦急地等待着。公交车从远处缓缓地驶来，车门打开的那一刻，儿子欢天喜地跳上车，冲着女司机高喊："妈，过年好！"开车的司机正是这个孩子的妈妈。

这位女司机名叫张翠鱼，她就是被誉为移动的"城市名片"的太原 849 路女子线路"巾帼"驾驶员。今年是她入行的第八年，八年来，张翠鱼每天准时准点驾驶 849 路公交车，将乘客们安全送达目的地，除夕之夜也不例外。为了能在大年三十全家团聚，张翠鱼的爱人想出个主意，那就是带着儿子一起乘坐妈妈驾驶的公交车，陪妈妈跑完最后一班，一起回家过年。

一年工作 350 天

“我的妈妈，下班回来不是趴在桌子上看书、工作，就是累得实在不行了倒头就睡。”儿子自小从妈妈那里得到的照顾少之又少，平日里上学、外出游玩，都是儿子自己或者是爸爸陪着。服务行业的特殊性，注定张翠鱼无法给予儿子更多的陪伴，张翠鱼将这些遗憾默默地埋藏在心底。

张翠鱼说：“即使车上只有一名乘客，咱也得开车，这是乘客对咱的信任。就算到站了，看到站上没人，咱也得到站停车，万一有路人正匆匆忙忙地跑过来呢？咱宁愿多等一分钟，也不能让焦急的乘客误了车。”

张翠鱼兢兢业业的工作态度被家人看在眼里，她也用这样一种润物细无声的方式教儿子独立成长。儿子一天天长大了，那个总抱怨妈妈工作太忙的小男孩，逐渐懂得体谅妈妈的不易了。

有了家人的支持和陪伴，张翠鱼认为这一切都是值得的。自入行以来，一年 365 天，张翠鱼每年至少有 350 天都在工作，每天开车往返 6 趟，大约 100.62 公里。到目前为止，张翠鱼已经驾驶 849 路公交车行驶了约 281736 公里，相当于从中国的最北边到最南端往返近 30 次，绕地球 7 圈。行车期间，849 路公交车从未发生过事故。

准时、安全地运送乘客，对于张翠鱼而言，是她的使命。

一套“车厢服务”的流程

每天凌晨5点整，天还是一团黑，一个清瘦的身影便准时出现在公交公司。为确保5点半的早班车能够准时发车，保障赶早的乘客能够搭上公交车，张翠鱼日复一日，坚持提前到岗，从不懈怠。无论酷暑寒冬，张翠鱼都像黎明前夜空里最亮的那一颗星，本着对公交车司机这份职业的热爱，为每一位早班车乘客送去晨曦。

张翠鱼精神抖擞地走上车，顺手披上紫色制服，戴上白手套，熟练地发动汽车。扭动钥匙的一瞬间，远光灯亮起，张翠鱼驾驶的公交车在一声低鸣中缓缓启动。通过轻微的抖动和低沉的声响，公交车仿佛在向张翠鱼打招呼：“老朋友，早上好！”

公交车缓缓地开到站点，早已在站台等待的乘客有序地排队上车，伴随一声声“滴滴”的刷卡声，车厢迅速被塞满。到站开门时，她会与每一位上车的乘客微笑致意。等到乘客都上来，张翠鱼一边透过车内的后视镜观察车厢后排的秩序，一边拿起手中的扩音器说道：“乘客朋友们大家好，欢迎乘坐849路公交车。车辆即将启动，请您坐稳扶好……”张翠鱼轻柔舒缓的声音在整个车厢里回荡。

天逐渐亮起来了，车窗玻璃上因气温太低而凝结的水汽还未蒸发，清晨的阳光透过车窗照射进来，打在座位上，车窗的影子摇摆不定。

到达站点，一位头发银白、佝偻着身子的老人扶着门把手，颤颤巍巍地走上车。留意到老人腿脚不利索之后，扩音器中传出张翠鱼温柔的声音："前排的乘客请为这位老人让个座，谢谢您！"闻讯，一位小伙子迅速起身。紧接着，张翠鱼又道："建设文明城市要从我做起，从小事做起。感谢刚才这位让座的乘客，我要为您的让座行为点个赞，让大家都感受到文明的风采！"

其实，张翠鱼在849路公交车上的工作远不止驾驶车辆这么简单，她有一整套完整的"车厢服务"流程。每当进站之后车门打开，乘客们都会看到张翠鱼的笑脸，每到一站，她都会细心地提醒乘客们下车注意安全。

行至长治路附近，由于这段路程正在修路，堵车时有发生。在出行高峰期，通过一个红绿灯路口可能需要半个小时。为了安抚乘客的情绪，张翠鱼琢磨出一套将等红灯和堵车时间利用起来的"话术"："高峰期路况复杂，车多人多，现在遵守乘车秩序，前门上车，后门下车，不争抢不拥挤，做文明礼让的好乘客，谢谢大家的配合！"文明礼让的风气是可以相互感染的。作为公交车司机，张翠鱼希望通过车厢服务，把文明传递到整个城市，使得文明出行成为城市一景。

当被问到"车厢服务"时，张翠鱼认真思索了一番，笑着说："现在人们生活质量都提高了，越来越注重服务质量。其实乘客也不需要你做多么感人的事情，真诚才是最重要的。比如上车时微笑面对乘客，让他们感到温暖；看到有老人上车，就提醒乘客给老人让座……”

在遇到乘客之间发生摩擦时，张翠鱼在到站的情况下，会主动上前调解。她通过亲切的微笑和真诚的服务态度化解了一次次矛盾。张翠鱼像对待家人一样无微不至地对待每一位乘客。考虑到冬天气温低，车内的座椅总是冰凉的，她便借着工作之余，亲手为每一辆849路公交车都缝制了一个暖心小坐垫，让乘客们享受这份无言而贴心的车厢服务。

为什么张翠鱼能做到在工作岗位上八年如一日，持之以恒呢?“这要看你自己想成为什么样的人。如果你只想混日子，那也可以，但是无法收获更多。”张翠鱼的话很朴实，她觉得人活一辈子，总该为身边的人做点儿事情，活出自己的价值。张翠鱼成为一名出色的公交车司机，是凭借跬步不休的奋斗实现的。

女司机也是奋斗出来的

“时下，很多人总是对女司机抱有一种不信任的态度，更何况是开公交车的女司机。可我偏要扭转这种偏见，不仅要做到开车零失误，还要让乘客感受到贴心的服务！”其实，张翠鱼不服输的性格与她的成长经历不无关系。

张翠鱼的名字里饱含着父母对她的期望。“父母希望我做人像松柏一样正直，故取‘翠’字。小时候家里穷，父母希望我将来能够吃穿不愁，‘鱼’字取义‘年年有余’。”她梳着斜刘海，身材纤细，声音轻柔，笑起来眼睛会弯成月牙儿。第一次见面，给人一种春风化雨般的感觉，有时候你会觉得她的气质像极了和蔼可亲的老师。可她却摆摆手说："哎，咱可没文化。"这是她的自嘲。等到她向我们展示她的荣誉证书时，又像是小女孩儿迫不及待地向人炫耀自己有一柜子的洋娃娃——这些荣誉都是对她付出汗水的褒奖。"我家开着一间小饭馆，卖擀面皮儿。"张翠鱼读完中学之后，便同家人一道在老家做生意。回忆起儿时，她不自觉地加快了语速，语气里满是轻快："妈妈用做生意赚的钱买了一辆农用车，在那时，能在村里开上农用车算是很富裕的家庭了！"说着说着，张翠鱼的眼神里又流淌出幸福和满足之感。

当时家里也算富足，但天有不测风云，张翠鱼 16 岁的时候，家里突发变故，生活一下子变得捉襟见肘。因生活而劳碌的父母相继患上脑中风，由于治病，家里的积蓄所剩无几。张翠鱼一边上学，一边照顾父母。生活的重压、家庭的责任，让懂事的翠鱼不得不做出艰难的抉择。高二那年，她毅然决定放弃学业，专心在家里照料父母。母亲的病情导致全身无法动弹，连吃饭都是翠鱼嚼碎了再喂给母亲。就这样坚持伺候了母亲两年，母亲的生活终于能够自理了。对于那时的张翠鱼来说，学业被耽误了，她有过委屈埋怨，甚至流过眼泪，但是她知道，父母的身体和家庭的幸福才是重要的事情，所以她从不后悔自己的选择。

儿时的经历让张翠鱼明白艰苦奋斗的重要性。性情爽朗的她不愿服输，有一股拼劲儿。她摆过地摊，卖过袜子、拖鞋、玉米……"我就想有一个自己的空间，能够独立生活。”

机遇总是偏爱有准备的人。正在张翠鱼渴望拥有一份安稳的工作时，赶上了公交公司来村里招聘司机。这对于当时的张翠鱼来说，是个天大的好机会。

十几年前的太原鲜有女司机开公交车，考“客车 A 照”（以下简称“A 本”）更不是一件容易的事。为了争取到公交司机这份工作，张翠鱼拼尽全力去练车。那时考 A 本的女司机少之又少，在练车的学员里，她是唯一的女性。由于方向感比男司机差，张翠鱼在练车时一天都不敢懈怠。每天，她是第一个到达训练场的人，教练和其他学员还未到，她早已发动了车子在练习倒库。她时刻告诉自己：“只要努力了，肯定有收获。”任何工作做久了，都会令人产生倦怠感。每天开车来来回回，走走停停，枯燥乏味的工作也让张翠鱼一度茫然。她近十年如一日，每天在同一条线路上往返六趟，从胜利桥东到火车南站，沿途经过滨河公园、茂业新天地、王府井百货……这一年当中，她几乎没有多少时间是留给生活的。

但是，张翠鱼乐观的生活态度让她在工作中学会了不断地自我调节。

起初，报站对于张翠鱼而言，是一件难事，这不仅需要自己创作和背诵，尴尬的忘词情况也时有发生。但是，张翠鱼始终没有放弃，她把拿扩音器说话当作是一种乐趣、一种学习和一种锻炼。“很多人还专门去学播音呢，我这不是现成的吗？我每时每刻都在练习，在愉悦他人的同时也是在锻炼自己！”

写词常常需要花费大量的时间，为了写出精练的报站语，张翠鱼每天在家伏案到深夜，在网上查阅资料，将自己认为不错的内容仔细地摘抄到本子上，再反复进行修改。张翠鱼说，做任何事情，只要能够学到东西，她都会乐在其中，从不放弃任何一个机会。无论每天下班多晚，她都会趴在书桌上看会儿书才能安心睡觉，书好像是她睡前的保养品。看书、写报站词、写讲话稿、微笑服务、用扩音器与乘客交流……这些在其他人眼中枯燥乏味、日复一日的工作，对于张翠鱼来说，却是有益于个人成长和提升自我修养的乐事。正是这种乐观的好心态，让她平凡的生活变得不再平淡。

做城市文明的传播者

“不光咱自己要把工作做好，还要将车厢服务精神、城市文明精神传递给所有的人，这样大家才能感受到太原的城市文明。我觉得这才是我们公交车人应有的价值。”张翠鱼相信：赠人玫瑰，手有余香。

张翠鱼是太原市第十五届工会代表、第十二届妇女代表会代表，她先后获得了“太原市十城双创优胜个人”“山西省五一标兵”“山西省五一劳动奖章”以及849路女子线路“巾帼驾驶员”等荣誉称号。她的照片被张贴在公交公司的墙壁上，有关她的报道正被越来越多的人看到。现在，除了每天的工作以外，接受采访、进行演讲也成了她工作中必不可少的组成部分。一块块奖牌、一封封表扬信、一次次来电表扬……这些荣誉是对张翠鱼的认可和赞赏，但是她依然不忘初心，勤勤勉勉，想着如何将本职工作做得更好。

张翠鱼爱读书，她希望能从书中获取自我提升的精华。她坚持每天看书学习，家里的书柜中摆满了五花八门的书籍。她喜欢读余秋雨的《何为文化》《山河之书》《行者无疆》；她也喜欢读《你在为谁工作》……而她最喜欢并且经常阅读的则是“时代新人”的故事。她希望了解他们的经历，学习他们的经验，传递他们的精神。有一次，读完“时代新人”的故事后，她在日记中写下了这段话：“要将文明驾驶、公交司机的服务形象传递下去，让更多的人在这种氛围中感受到城市的文明。”

张翠鱼的精神，是太原公交车人正在传递的“公交梦”的体现——让百姓满意，让职工幸福，让政府放心。太原公交车人把“人人当典范，车车当名片”作为自己的奋斗目标，张翠鱼正是如此。她就如同一张“城市名片”，传递着太原城市文明的精髓。她说：“我们每一个人，只需要把一件件小事做好，便能将文明之花传递到每一个角落，这就是时代新人的精神内核。”

撰稿人：武竹昕、范亚笑　指导教师：祁瑞萍

时代新人——赵素萍

“发明达人”赵素萍

赵素萍，女，山西大同人，现任山西宇轩伟业科技有限公司总经理。

1997 年，赵素萍大学毕业，被分配到煤炭运输公司上班。那时，网络技术和信息化尚处于初始阶段，赵素萍敏锐地察觉到信息化将是大势所趋，于是，毅然从煤炭运输公司辞职，投身到互联网创业的浪潮中。

1999 年，赵素萍开始研发煤炭智能无人控制系统。经过几年的钻研探索，这项技术终于被研发出来并投入生产，从此，井下工人的生命被撑起了一把坚固的“平安伞”。

2007 年，赵素萍成立山西宇轩伟业科技有限责任公司，范围涉及跨境电商、智慧节能、现代物流、食品药品监督管理等多个领域。她不断学习，将知识活学活用，在公司内设立院士工作站，向员工倡导“终身学习”的观念，使公司在时代变化的潮流中不断发展。

2015 年，赵素萍被太原市政府授予“优秀中国特色社会主义建设者”称号，同年被评为“山西省领军人才”“山西省技术带头人”。

如何才能使生命绽放光彩？怎样过才是最有意义的人生？对于赵素萍而言，那就是不忘初心，以梦为马，敢于突破旧思维的条条框框，在学习中不断超越自我。

勇敢追梦，不负韶华

——矿工之女的智慧人生

1997 年，赵素萍大学毕业，被分配到煤炭运输公司。在煤炭运输公司工作几年后，赵素萍毅然决然地辞掉安稳的工作，选择下海创业。后来有人问她为什么不继续留在煤炭运输公司工作时，她淡淡地笑了：“那时候也是为了爱情嘛，为了两个人能在同一座城市生活。”为了爱情放弃稳定的工作，这是文艺作品中经常出现的故事情节，但在现实生活中，能够做出这种选择的人似乎并不多，因为这需要一种敢为常人所不能为、敢于突破旧思维、敢于改变旧有生活方式的勇气，而赵素萍就是这样的人。

四合院的变故

在赵素萍开发经营的众多软件中，煤炭智能无人控制系统无疑是她投入情感最多的一个。赵素萍的父亲是一名井下煤矿工人，面对着漆黑的巷道，顶着矿灯，在嘈杂的轰鸣声里，和其他工人一起采挖出一车又一车的煤，并把它们从地下送到地表……赵素萍父亲就这样拼命地工作，以保障一家人的温饱。幼年时的赵素萍，每到傍晚，就会坐在四合院的门口，等待着那群从头到脚都如煤炭一般漆黑，只有牙齿泛白的井下工人走来，她从中寻找着自己的父亲。赵素萍回忆，那时候，她总是小心翼翼地走近他们，挨个地瞧，才能在那群人里辨认出哪一个是父亲。不到 10 岁的孩子，就已经知道爸爸的工作是冒着极大的危险的，所以每天放学之后，她最关心的事情不是去找伙伴玩耍，不是吵着闹着要看动画片，而是蹲坐在家门口，祈祷着爸爸能够平安归来。每当夜色降临，爸爸平安回家之后，笼罩在一家人心头的担忧才会散去。在二三十平方米的屋子里，一家人围着桌子坐好，一边吃着晚饭，一边分享着一天的趣事，这是一天当中最轻松欢愉的时刻。

直到赵素萍 15 岁那年，某天傍晚，如同往常一样，她蹲坐在家门口等待着父亲归来，与她相伴的还有邻家姐姐。赵素萍再一次从下班的工人群里辨认出爸爸，并欢欢喜喜地迎上去。可等她转过身来，却看见邻家姐姐正面色凝重地听一位叔叔说话，听着听着，邻家姐姐的脸色陡然大变，泪水从眼眶中奔涌出来。赵素萍过后才知道，邻家姐姐的父亲那天下井之后，矿井出了事故，结果没能活着从井底上来。邻家姐姐失去了父亲，她的家庭一下子失去了顶梁柱，而能够代替她的父亲继续下井挣钱的，只有她年仅 15 岁的弟弟。那个有6个孩子要养的家，在短短一夜之间垮了。

赵素萍一直担心的事情，就这么真实地发生在身边，她头一次感到面对生活不能被动等待，而应该主动改变，而主动改变首先是改变想法。在那个年代，对广大工人家庭出身的孩子来说，承接父辈的衣钵，在国营工厂里当工人是一条已经规划好的人生路径。赵素萍的父母当然希望自己的孩子早日成为工人阶级的一员，他们认为念完初中就够了，念高中、上大学，这不是放着工人阶级不当，去当知识分子吗？起初，赵素萍认为父母对自己人生的安排是合理的，从没想过改变它。可当邻家姐姐的家庭发生变故之后，赵素萍突然萌发了打破这种安排的想法，她决定要念高中、上大学。她说：“如果我一直走这样的路，那我一辈子注定没有改变，生活也必然不会有好转。”

知识改变命运

原先从未有过报考大学想法的赵素萍，开始将学业放在重要的位置，从初中到高中，从高中到大学，她从未停止过学习的脚步。大学伊始，她潜心于各个领域的学习，高级工程师、一级建造师、中级会计师等资格证书，她都考取了。对赵素萍来说，考取证书的初衷很纯粹，没有任何功利性的目的，只是想通过考证的方式激发自己涉猎各种知识的热情。赵素萍认为，人与生俱来就有惰性，加上生活环境中的各种诱惑，要想达到完全自律是很困难的。报名各种资格考试，为的就是不给自己留下懈怠的时间。

赵素萍曾经为了学习更多的法律知识，参加了律师资格证的考试。赵素萍说："在公司的运营中，法律知识是极为重要的，如果我能掌握好这部分的内容，将来遇到任何与法律相关的事情，我就都能轻松自如地应对。"赵素萍不是为考而考，而是希望通过用考取资格证书的方式来督促自己学习，不断加强自身的知识储备，所以她从来不会因为没有通过考试而难过。对她而言，考试只是形式，学习才是一辈子要做的事情。丰富的知识储备可以在关键时刻帮助自己做出决策，帮助公司规避风险，这才是她的宗旨，也是她不断学习的原因。直到今天，赵素萍仍然感激学习给她带来的成长。现在，业务越来越多，工作越来越忙，但她仍然保留每天几个小时的学习时间："冬季早晨 7 点，夏天早晨 6 点一直到 9 点，这几个小时，毫无疑问是我的学习时间。"

最初，赵素萍为改变命运而学习，现在，学习成为赵素萍生命里最重要的事情，成为她"戒不掉"的习惯。对未来的期许时时在她的心里萦绕："我只有不断地考，才能知道未来是什么样子的，才能知道自己到底应该做什么。"

用心做好一件事

赵素萍从煤炭运输公司辞职之后，用东拼西凑来的三万元作为启动资金，开始了艰苦曲折的创业历程。在那个信息化方兴未艾的时代里，许多人都想进入这个行业，相比之下，赵素萍的创业是从“沉稳”开始的。创业之初，赵素萍没有盲目地投入软件研发，她认为只有足够了解一个行业，才能投入精力做事，所以她从搜集资料开始，一步一步地慢慢靠近这个行业。从初步认识到深入了解，从资料准备到技术研发，从无到有，这段经历充满艰辛，但赵素萍以百折不挠的精神坚持下来了。

赵素萍和她的团队曾经花费整整三个月的时间进行市场调研，然后进行封闭式研发。在研发中，他们饿了就吃方便面，渴了就喝自来水，没有一分一秒的时间用来享受。在资金最为困难的时候，赵素萍甚至卖掉了她用来代步的自行车，用卖自行车的钱抵了公司的电费。没了代步工具，赵素萍只能每天更早地从家里出发，一路走到公司。

赵素萍的公司慢慢开始有了起色。研发个性化软件需要选择某一个行业作为突破口，赵素萍毅然选择了对她影响最大的煤炭行业。那颗如何让煤矿工人从危险中解脱出来的种子，一直埋藏在她的心里。如今，她的梦想终于实现了，她用自己研发的智能软件给矿灯和勘探工人装上定位系统，对井下的生产状况进行监测，及时化解危险。智能软件从煤炭领域开始，逐渐扩散到现代物流、智慧节能、食品和药品的监管等领域，赵素萍的公司规模和影响在不断扩大。

“如果我一直安宁地生活，公司肯定不会是现在的模样。”20 多岁的她什么也没有，依靠一腔热血和斗志，为了事业而不断拼搏。而今，40 岁的她已经不再缺乏鲜花和掌声，然而回想起 20 年前，她说，那段充满心酸、孤独却不乏希望的日子，是她一生中最宝贵的财富。

她感激那个一无所有却勇往直前的自己。

当事业碰到瓶颈的时候，她说，自己内心总有一股渴望在暗自涌动着。这股渴望推动着她去完成自己期盼的事情。15 岁那年发生在四合院里的变故，至今印刻在赵素萍的心里，渴望改变的念头便是从那时开始的。在此后的人生中，赵素萍一直带有这样的渴望，但却从不会乱了阵脚。“只要用心做这一件事，只要我能做好这一件事，我就不会去贪图其他太多的东西。”她说，她从不求在短时间里获得成功。无论在工作上还是在生活上，赵素萍都坚持有计划、有规律地做事，她始终相信，只要脚踏实地，梦想终会实现。

我愿做孟母

“我一定要想方设法地去看看不一样的世界，说不定在人生的某一个拐角，就会有一个奇妙的遇见。”

四合院里的变故是她生命中的第一个转折，让她产生了从固有的生活里走出来的信念。而当她在北京大学读研究生的时候，科研的道路也曾让她无比心动与向往。但这一次，赵素萍没有走上“书山学海”的道路，因为她此时已有家庭，清楚地知道照顾老人和孩子是自己不可推卸的责任。

在她的身上，“责任”这两个字被书写得淋漓尽致。事业上，她认为，凡是经她办理的事情，就必须尽一切力量做到最好；对于子女教育，她笑着说自己便是“孟母”。对儿子的教育，她从来不会马虎大意。她把儿子送到北京读书，但自己总会在周末，当公司不那么繁忙之时，独自一人坐上高铁来到北京，和儿子聊聊近况，为儿子指点迷津。在“陪伴”这门功课上，赵素萍从未缺席，在她的观念里，儿子走的每一步都是无法重复的，所以她必须尽心尽力陪伴儿子走好每一步，做好孩子的“人生军师”。她会在闲暇之余带着儿子去影院观看外语电影，培养儿子学习英语的热情；会和儿子一起背单词，刷托福分数；会和儿子一起练口语，互相比拼……他们一起努力，共同成长。儿子的每一次进步，总是令作为母亲的赵素萍感到无比欣慰。

“人世间不会有小说或童话故事那样的结局。有时候，快乐总夹带着些许懊恼和忧虑，人间也没有‘永远’一词……”赵素萍十分欣赏杨绛先生那样的心态，人的一生注定要自己孤独地走完，但越明白孤独的道理，就越懂得此生的可贵，就越懂得彼此能在此生相遇是多么大的缘分。所以，赵素萍从不放弃与家人在一起的时光，她总是全心全意地陪伴每一位家人。对于长辈，陪伴是“孝”；对于子女，陪伴是“教”。

在赵素萍的生活里，工作是她的事业，学习是她的事业，陪伴和教育同样是她的事业。每个月她都会参加一次以家庭教育为主题的公益活动，以此作为她对社会的回馈，也以此来提醒自己对于家庭的责任。谈到这里，她说，作为一名女性，她明白家庭的和谐对整个社会的影响，家庭是社会的根，只有家庭和谐，社会才能安定，这两者是不可分割的。

这个世界一直在变，而赵素萍一直在奔跑。她的人生是一条曲线，经历过种种挫折才走到今天，但提起挫折，她却表现得非常淡然。对于她来说，生命中最重要的一件事情便是学习，生命很长，要不断学习，才能有所超越。她说："生命的意义如此厚重，无论怎么样全力以赴都不为过。"赵素萍坚信，只有不断学习，生命才不会白白虚度，才能实现梦想，不负韶华。

撰稿人：曾佳琪、钟浩、黄新鱼　指导教师：李攀

我的热爱，大声说出来

——致新时代奋斗者

时代新人集体创作

风里去，雨里来，
我的身影一直都在。
有无奈，有感慨，
我抖落一身尘埃。

是什么让我执着前行，
是什么让我初心不改？
新时代的奋斗者，
我的热爱，要大声说出来！

有理想的青春从不妥协，
宁愿二十岁去追寻，绝不六十岁再追悔，
这是我，一个青年人奋发向上的风采。

向着阳光生长，开放，
你光明，一切就不黑暗。
这是我，一个顽强生命的真诚告白。

守得住本分，跟得上时代，
借时代之力实现自我突破，
这是我，一往无前的从容姿态。

平凡中非凡，尽头处超越，
要做，就做最好的自己！
这是我，追求卓越的辽阔心海。

哪怕微不足道，哪怕无人知晓，
你是自己的大英雄，你很重要！
这是我，始终相信一切都是最好的安排。

我的故事，哪怕再平凡，
也是这个时代的故事。
我的力量，哪怕再微小，
也是推动时代进步的力量。
这是我，一个平凡生命的激情澎湃。

我的热爱，
向着明天大声说出来：
用生命温暖生命，

把手边的事儿做好，
勤劳的双手改变命运，
国家许我以信心，我许国家以未来！

我的热爱，
向着新时代大声说出来：
我们踏实无比，
我们百分努力，
我们甘之如饴，
我们寂静欢喜。

新时代的大门为我徐徐打开，
涓涓细流正在汇成江海。
平凡的生活，不变的情怀，
平凡的力量，超凡的气概。
为奋斗的自己喝彩，
用一生守得幸福花开。

从今天起，做一个时代新人，
把奋斗写在大地上，
让梦想点亮新时代！

后 记

为记录时代新人的奋斗故事，扩大时代新人影响力，号召更多的人加入到时代新人的行列中来，中共太原市委宣传部委托山西大学新闻学院编写了本书。

新闻学院院长邢云文教授主持了本书的编写工作。新闻学院副院长庞慧敏副教授、山西大学党委宣传部王利花副部长，以及新闻学院袁文丽副教授，李彩霞、韩晓芳、李攀、祁瑞萍等老师具体承担了采访和撰稿的指导工作。先后参加本书采访和撰稿的同学共 29 名，他们是：张璇、张桂云、张丛雨、牛亚琪、赵越、郝晓媛、周佳奇、郭晓云、孙佳敏、魏颖、卢琳、程胜洁、李佩然、弓绮慧、武涛、杜迟伟、孙晓凡、吴妍妍、钟浩、袁潇坤、孙茹茹、高艺璇、陈倩、刘昕玥、翟兴楠、武竹昕、范亚笑、曾佳琪、黄新鱼。

书中收录的太原市各行各业涌现出的 11 位时代新人代表的事迹，集中体现了他们所具有的热爱、自信、担当、创新、专业、坚韧等鲜明品质，彰显了他们作为新时代的奋斗者、复兴路上的追梦人的炽热情怀。

冀望本书可以激励广大读者增强中国特色社会主义道路自信、

理论自信、制度自信、文化自信，厚植爱国主义情怀，把爱国情、强国志、报国行自觉融入坚持和发展中国特色社会主义事业、建设社会主义现代化强国、实现中华民族伟大复兴的奋斗之中。期望本书能够让大家都来学习时代新人，争做时代新人，在全社会倡导“在奋斗、爱奋斗、能奋斗”的时代风尚，为谱写“文明开放富裕美丽”太原的新篇章汇聚起磅礴力量。

编　者